小学館文庫

鴨川食堂まんぷく

柏井 壽

小学館

目次

鴨川食堂まんぷく

第一話　たらこスパゲティ

1

伊丹《いたみ》空港からのリムジンバスは、八条《はちじょう》通をはさんで、ＪＲ京都駅八条口の真向かいに着いた。

朝に弱い田所馨《たどころかおる》は、羽田からのフライトでも、リムジンバスのなかでもずっとまどろんでいた。寝ぼけまなこをこすりながら、慌てて降りる準備をする。

平日の昼前ということもあって、バスに乗っていた客は定員の三分の一にも満たない。気付かれることのないように顔を伏せていた馨は最後に降りた。

折り返し空港に向かう乗客が数人並んでいる。髪をおろした馨はうつむいたままで係員から荷物を受け取った。

京都の秋と言えば紅葉が人気で、どこも人で溢《あふ》れているというイメージがあったのだが、閑散とした様子に肩透かしをくらった感じだ。まだ紅葉には早いのだろうか。

馨は牛丼屋の前で足をとめ、サングラスの奥から周囲に目を配ったあと、店のガラスに自分の姿を映した。

ダメージジーンズに赤いスタジアムジャンパー。足元は黒いスニーカー、背負っているバックパックもマリメッコのブラック。実年齢の二十六歳より若く見えるのは、顔がほとんど隠れているからだろう。目立つようで目立たない格好かなと馨は苦笑いした。

雪だるまの刺繍《ししゅう》をほどこしたヒップホップのピークキャップを目深にかぶり直して、馨は横断歩道を足早に歩き、アバンティビルの前からエレベーターを使って地下道に降りた。

マネージャーの北川佑真《きたがわゆうま》からは、五分おきに周囲に目を配って、尾行されていないかをたしかめるように強く言われている。

いちおう北川の言いつけは守っているが、トウが立ちはじめているアイドルを追いかける物好きなど、そうそういるものではないと馨は思っている。

ましてやステージに立つときの衣装とはまるで異なるマニッシュなスタイルだから、よほどのファンでもない限り、藤河《ふじかわ》スミレだと気付くはずがない。

馨は目を地面に落としながら、わざと大股で歩いた。

とにかく真っすぐ北に進めばいい。北川から言われたとおりに地下道を直進した馨は、ヨドバシカメラの入口を過ぎた辺りで立ち止まった。あまりに閑散としていて不安になったからだ。

スマートフォンをかまえてシャッターを押した馨は、すぐさまメールに画像を添付して北川に送った。

――本当にここで合ってる？――

一分と経《た》たずに北川から返信があった。

――大丈夫。そのまま真っすぐ進んで。人が少ないほうがいいだろ――

北川の言うとおり、人通りが多いと見つかる確率が高くなるから、通行人が少ないほうが気は楽なのだが、あまりに少ないと不安になる。

地下道の突き当たりから地上に出た馨は、周囲をうかがいながらキャップをかぶり直した。

口うるさいことだけが難点だけど、北川の指示どおりにして後悔したことは一度もない。的確なだけでなく、その言葉に人としてのぬくもりを感じさせてくれるのが嬉《うれ》しい。

タレントを管理するマネージャーとしては、むかしの恋人につながるような行動は止めるのが本筋だろうが、北川は親身になって馨の相談に乗ってくれた。それだけでなく、手がかりになりそうな探偵まで捜し当ててくれたのだ。

表向きは食堂だが、食専門の探偵業もやっている。しかもその食堂には看板も暖簾《のれん》もなく、ふつうの民家にしか見えない。目指す探偵事務所の手がかりはそれだけしかない。住所も電話番号も分からないから連絡のしようがない。

もしも見つからなかったらどうしようか。急に不安になった馨は、胸の鼓動を速くしながら、北川が描いてくれた地図と周囲を見比べた。

得た情報をもとにして地図を描いたが、行ったこともないので不確かかもしれない。もしも迷ったら訊《たず》ねるように、と交番の場所も描き入れてあるが、ふた筋ほど離れている。なんとか自力で見つけようと、馨は注意深く正面《しょうめん》通の両側を見まわした。

ふと馨が足をとめたのは、出汁《だし》の香りが漂ってきたからである。鼻を鳴らしながら、その香りを辿《たど》っていくと、一軒のしもた屋に行きついた。

暖簾も看板もないが、壁には看板を外したような跡がある。おそらくここだろうと思うものの、引き戸を開ける勇気が出てこない。

玄関の前で寝そべるトラ猫に目を留めた馨は、屈《かが》みこんで喉を撫《な》でた。

「きみも匂いにつられたのかい？　なんの匂いだろうね。おうどんかおでんか。お魚を煮ているのかもしれないね」

馨の顔を一瞥《いちべつ》して、トラ猫はうっとりと目を閉じた。

「こんにちは」

気配を感じてか、引き戸を開けて若い女性が出てきた。

「すみません。猫好きなものでつい」

馨が慌てて立ちあがった。

「ええんですよ。うちの飼い猫と違いますし。けど名前だけは勝手に付けてるんです。ひるね」

「ひるね、ですか。たしかに眠そうにしてますね」

「ご旅行ですか？」

屈みこんだまま、女性が馨のバックパックに目を留めた。

「え、ええ。っていうか、ちょっと捜しものがあって」

「どこか捜してはるんですか？　知ってることやったらお教えしますよ」

「食を捜してくださる『鴨川《かもがわ》探偵事務所』というところを捜しているんですが」

馨が地図を見せた。

「なんや。うちを捜してくれたはったんですか。うちがその探偵事務所の所長ですねんよ。鴨川こいして言います。よかったらどうぞお入りください」

ひるねを抱いて、こいしが立ちあがると、店のなかから若い男性が出てきた。

「ごちそうさん。こいしちゃん、ひるね抱いて店に入ったら、流《ながれ》さんに叱られるで」

「分かってるて。それより浩《ひろ》さん、ええ牡蠣《かき》が広島から届いたんよ。土手鍋でもしよかて、お父ちゃんと言うてたんやけど、よかったら食べに来ぃひん？」

「ありがとう。紅葉シーズンやさかい、店が忙しなるかもしれんし遅なると思うけど、ひやおろしでも持って行くわ。先に始めてて」

浩さんと呼ばれた男性が、停《と》めてあった自転車にまたがった。

「おきばりやす」

ひるねを抱いたまま、こいしが浩《ひろし》の背中を片手でたたいた。

「お客さん？」

浩が馨の顔を覗《のぞ》きこんだ。

「そやねん。探偵のほうのお客さん」

「どっかでお会いしませんでした？」

サドルにまたがったまま、浩が馨に問いかけた。

「いえ。初めてお会いすると思います」

馨が伏し目がちに答えた。

「ちょっときれいな人見たら、すぐそれや。余計なこと言うてんと、早よ帰って仕事せんと親方に怒られるえ」

こいしが背中を押すと、浩は首をかしげながら、ペダルを踏んだ。

「すんませんねぇ、失礼なことで。近所のお寿司《すし》屋さんの若主人で、悪い人やないんですよ。毎日ランチを食べに来はるんです」

「こいしさんの恋人ですか？」

「そんなんと違います。ただの飲み友達ですわ。どうぞなかへ」

こいしが即座に否定して、引き戸を開けた。

「こら。ひるねを店のなかに入れたらあかんぞ」

怒鳴り声が店の外まで響いた。

「そんな大きい声出さんでも、分かってるやん。お客さん、びっくりしてはるやんか」

ひるねを足元におろして、こいしが渋面をつくった。

「お客さんかいな。それを早よ言わんと。どうぞお入りください」

姿は見えないが、声のトーンが変わったことだけは、店に足を踏み入れた馨にも伝わった。

「うるさいお父ちゃんでしょ。食堂のほうの主人してる鴨川流言いますねんよ」

ひるねに手を振ってから敷居をまたいだこいしが、後ろ手で引き戸を閉めた。

「突然お邪魔して申しわけありません。田所馨と申します。食を捜していただきたくて参りました。どうぞよろしくお願いいたします」

背中のバックパックを床に置いて馨がふたりに頭を下げた。

「えらいごていねいにどうも。こんな狭い店ですけど、まぁ、どうぞお掛けください」

和帽子を取って、流がパイプ椅子を奨《すす》めた。

「ありがとうございます」

馨は一瞬迷ってから、帽子を脱いでサングラスをはずした。

「馨さんは東京から来はったんですか？」

床に置かれたバックパックを、こいしが椅子の上に置き直した。

「どうして分かったんですか？」

馨が目を白黒させた。

「服装もオシャレやし、お顔もテレビにでてくる女優さんみたいや。東京にでも住んではらへんかったら、こないに垢《あか》ぬけませんやろ」

「生まれは福井県の田舎なんですけどね」

気付かれているのかどうか分からないまま、馨が照れ笑いを浮かべた。

「お腹《なか》の具合はどないです？　おまかせでよかったらお昼を食べはらしまへんか」

流が訊《き》いた。

「お店に入る前からずっといい匂いがしていたのでお腹が鳴って困っていたんです。作っていただけるのなら喜んで」

「なんぞ苦手なもんはおへんか？」

「いえ。まったくありません」

「ほな、すぐにご用意しまっさかい、ちょっと待ってとぉくれやす」

和帽子をかぶり直して、流が奥に戻っていった。

「失礼ですけど、二十歳は超えてはります？」

こいしが訊いた。

「五年も前に成人式は済ませました」

「ほんまですか？　それやったらええんやけど、まだ二十歳前かなぁと思うたんです。ほなお酒はどうです？　お父ちゃんの料理はお酒が欲しいなるんですよ」

「あまり外で飲んじゃいけないことになっているんですけど、せっかくだから少しいただきます。うちは家族揃《そろ》って飲兵衛《のんべえ》なものですから、わたしもお酒は大好きなんです」

「家では飲んでもええけど、外ではあかん。厳しいお家なんですねぇ。福井県のお生まれやて言うてはりましたね。たしか福井のお酒があったはずやさかい、それを持ってきますわ。冷えてるほうがよろしい？」

「できれば常温で」

「常温ですか。見かけによらん飲み助さんやな。分かりました。お茶も置いときますよって」

大ぶりの土瓶と湯呑《ゆのみ》をテーブルに置いて、こいしが小走りで奥に続く暖簾をくぐった。

しんと静まり返った食堂に、時おり調理の音が聞こえてきて、匂いも一緒に運んでくる。どんな料理が出てくるのかを思い浮かべながら、馨は店のなかをぐるりと見まわした。

京都のような特別な街にも、こんな普通の食堂があるとは思いもしなかった。一番多いのは大阪だが、関西でも何度かステージに立ったことがあり、そんなときの遅い晩ごはんは京都のお店まで出向くことが少なくなかった。

たいていは事務所のボスの行きつけの店で、京料理だとか肉割烹《かっぽう》だとかの星付きレストラン。人気があって予約が取れない店もボスの口利きで、個室や隠れカウンター席に案内してくれる。

東京ではさほどではないが、京都の料理人たちはおおむね芸能人好きだ。一緒に写真を撮ることもねだられるが、SNSに投稿しないという条件を付けて応じている。ボス公にはしないだろうけど、きっと他の客には自慢しているのだろうなと思う。ボスはボスで、京都に顔の利く店があるのが自慢なようで、シェフをちゃん付けで呼んだりして嬉しそうにしている。けっしてまずくはないのだけれど、あとから聞かされた値段ほどの価値はないと思うことが多い。

どの店も、やたらとたいそうなのも苦手だ。和食の前菜なんかも飾りつけだらけで、それらをいちいち説明されるのも面倒くさい。どこそこの食材をどんな調理法で、どんなに手間暇を掛けたかから始まって、器はかくかくしかじかの高価なもので、なんて聞かされても分かるわけがないし、すぐに忘れてしまう。なんで京都のお店って、こんなにもったいぶるんだろうね、といつもメンバーと話している。ボスには口が裂けてもそんなことは言えないのだけれど。

入口で出会った浩さんと呼ばれていた男性は気付きかけていたようだが、ここの父《おや》娘《こ》は馨が藤河スミレだとはまったく気付いていないようだ。気が楽な反面、少しばかりプライドが傷ついてもいる。

「お待たせしましたな。お若い女性やさかい、量はちょっとずつにして、いろんな料理を大皿に盛り合わせてみました」

流が馨の前に、まな板のような大きな木皿を置いた。

「うわぁ美味《おい》しそう」

どんな店でも、どんな料理が出てきても、馨の第一声はいつも同じだ。

「簡単に料理の説明をさせてもらいます。左の上はフグのたたき。刻みネギを混ぜたポン酢のジュレを掛けてますさかい、そのまま食べてください。その右の小鉢は牛タンの煮込み。右端は蛸《たこ》の天ぷら。抹茶塩でどうぞ。その下の海苔《のり》に載ってるのはウニの握り。シャリに生ウニを混ぜてあります。一、二滴醬油《しょうゆ》を垂らして召しあがってください。その左はカボチャのひと口コロッケ。カレー味が付いてますんで、そのまま食べてください。真ん中の段の左端、ガラス鉢に入ってるのはイクラのおろし和《あ》え。イクラを柚子《ゆず》醬油で漬けこんで、辛味大根のおろしと和えてます。その下がサイマキ海老《えび》の卵白揚げ。辛子醬油を付けて食べてみてください。その右は牛ヒレの照焼。薄切りのタマネギを包んで召しあがってください。下の段の右端は小さい茶碗《ちゃわん》蒸し。なかにハマグリとアナゴを刻んで入れてます。どうぞゆっくり召しあがってください。あれ？　酒がまだきてまへんな。どんくさいことですんまへん。こいしは何しとるんや」

顔色を変えて、流が店の奥を覗きこんだ。

「すんません。遅ぅなってしもて。お酒が冷蔵庫に入ってたんで、温度調整してたんですねん。まだちょっと冷たいかもしれませんけど」

こいしが持って来た四合瓶には『紗利《さり》』と書かれたラベルが貼られている。

「福井の小さな蔵の酒です。ちょっと個性がきついかもしれまへんけど、わしの料理にはよう合うと思います。これやったらちょっとくらい冷えとっても大丈夫ですわ」

流がボトルに手のひらを当てた。

「すみません。わがままを言ってしまって。お酒の味なんか本当はよく分からないのに、常温で、なんて生意気なこと言いました」

馨が両肩を狭めた。

「酒のことはわしも娘も、ほんまはよう分かってまへんのや。飲んで旨《うま》かったらそれでええし、あとはどんな料理に合うかくらいしか考えてまへん。どうぞゆっくりやってください」

大ぶりの猪口《ちょこ》に酒を注《つ》いでから流が下がっていくと、こいしがそれに続いた。

ひとり残った馨は、あらためて木皿に盛られた料理を見まわした。

料理の説明を、と流が言いだしたときには長丁場を覚悟したのに、あっという間に終わった。これまでに行った京都の店だと、ひと品だけで同じくらいの時間が掛かったものだ。簡潔な説明だったから、それぞれの料理がどういうもので、どう食べればいいかが、ちゃんと記憶に残っている。何より、このスペースに九品もの料理が収まっているのがすごい。一品ずつを別の器に盛って、もったい付けて出されても納得するような、中身の濃い料理だということは馨にも分かった。

酒で喉を湿らせたあと、馨が最初に箸を付けたのはウニの握り鮨《ずし》だった。

鮨を好物とする馨にとって、ウニの鮨など珍しくもなんともないのだが、シャリにウニを混ぜ込んだ形の鮨は初めてだ。流の指示どおり、オレンジ色に染まったシャリに二滴の醤油を垂らしてから口に放りこんだ。

いったいどれくらいのウニが混ぜ込んであるのだろう。シャリよりもウニの味がはるかに勝っている。ふつうの軍艦巻きの鮨とは比べものにならないほど、ウニの味が濃い。

そんな感想を持った馨だが、海辺の町で育ったとは言え、貧しい暮らしぶりだった子どものころから、ウニも握り鮨もほとんど縁がなかった。ぜいたくを覚えたのはアイドルになって人気が出てからだ。鮨と言えばスーパーのパックに入った盛り合わせに、夕方過ぎて値下げシールを貼られたものを食べるのがせいぜいだった。実家で暮らしていたころには、ウニの軍艦巻きと言っても、薄切りキュウリの横にウニの加工品が載っているものしか食べたことがなかった。

牛肉だってそうだ。牛ヒレだとか、牛タンなんて、東京へ出てくるまでは見たこともなかった。焼肉はヒレよりもロースが好き、だとか、タン塩は薄切りより厚切りがいい、なんて偉そうに言っているが、生まれ故郷の敦賀《つるが》にいるころは、たいてい豚か鶏《とり》で、牛肉を食べる機会なんてめったになかったのだ。

グループのなかではグルメで通っているから、知ったかぶりをしているだけで、正直に言えば、今でも上等のステーキよりもチェーン店のハンバーガーのほうが好きだし、内心ではフライドチキンが一番のご馳走《ちそう》だと思っている。

それでも少しずつ舌が肥えてきたのか、ある程度味わい分けられるようになってきた。豪華な内装や、凝った盛りつけにも騙《だま》されることがなくなってきた。ロケ弁でも名もなき店のそれのほうが、有名店より美味しいと感じることがあるのも進歩した証《あか》しなのかもしれない。

そんな馨にとって、今食べている料理のひとつひとつが、新たな驚きとして、舌に、胃袋に、そして心に深く沁《し》み込んでいく。

気が付くと四合瓶の酒が半分近くにまで減っている。料理との相性がいいせいなのだろうが、ピッチの速さに自分でも驚いている。

酒は飲んでも飲まれるな、といつも父の潤三《じゅんぞう》が言っていたのは、きっと自分を戒めていたのだろう。つい飲み過ぎてしまいそうになると、どこかから潤三のしわがれた声が聞こえてくるのだ。

『紗利』と書かれたラベルをしばらく見つめていた馨は、四合瓶を手の届かないところへ押しやった。

サイマキ海老の卵白揚げに辛子醤油を付けて口に運ぶと、辛子の刺激をやわらげるような海老の甘みに、馨はうっとりと目を閉じた。

「どないです？　お口に合《お》うてますかいな」

流の声で馨は我に返った。

「とっても美味しいです。どれを食べてもうなってしまうくらいに」

「よろしおした。お若いかたには物足りんかもしれんのと違うかな、てこいしが気にしとるもんですさかいに」

「充分です。お酒もしっかりいただいてしまって」

「ええ牡蠣が入ったんで、おあとは牡蠣の蕎麦《そば》を用意してまっさかい、ええとこで言うてくださいさい。こいしは奥で待機しとります」

「ありがとうございます。探偵さんをお待たせしては申しわけないので、ご用意ください。すぐにいただいて、奥に伺います」

「ちっとも急《せ》いてまへんのやで。ゆっくり召しあがってもろたらええんです」

「このままだと一本空いてしまいそうなので、お蕎麦をいただいてけじめにします」

馨が笑顔を向けると、流は同じような笑みを浮かべて厨房《ちゅうぼう》に戻っていった。

飲み過ぎないようにと注意を払いながらも、馨が四合瓶に手を伸ばす。二度繰り返したところで、流が蕎麦を運んできて、それを見た馨はほっと胸を撫でおろした。

「蕎麦の量は少なめにしときました。刻み柚子を牡蠣に載せて食べてもろたら美味しおす。一味おろしも置いときます。辛いのがお好きやったらどうぞ」

もうもうと湯気を上げる蕎麦からは、芳《こう》ばしい出汁の香りが漂ってくる。猫舌の馨は、湯気が少しおさまるのを待ってから箸を取った。

流の奨めにしたがい、刻み柚子を牡蠣に載せて箸でつまみあげた。

息を吹きかけて冷めたことをたしかめてから、ゆっくりと口に運ぶ。嚙《か》むと牡蠣のエキスが出てきそうで、しばらく舌の上でころがしてから、そろりと歯を入れた。

牡蠣も蕎麦も好物に入るが、それを一緒にして食べるのは初めてのことだ。牡蠣の香りが口のなかに残っているあいだに、蕎麦を冷ましながら箸に絡ませ、ゆっくりと口に入れた。

東京で食べる蕎麦とは違って、故郷の近くで食べた荒っぽい蕎麦にも似た香りが牡蠣とよく合う。牡蠣はなくても磯の香りが海から漂ってくる実家の縁側で、海苔だけを散らした蕎麦を食べたときのことを馨は思いだしていた。

武生《たけふ》に住む叔母が届けてくれる蕎麦は、きっと打ち立てだったに違いない。太く角ばっていて、茶色く染まった蕎麦は嚙みごたえもあったし、するすると喉に滑っていったりはしなかった。その蕎麦に似ているのだ。

うっかり猫舌だったことを忘れてしまうほどに、馨は牡蠣の蕎麦を一気に食べきってしまった。

「へたの横好きっちゅうやつで、最近ちょっと蕎麦打ちに凝ってましてな。更科系《さらしな》は苦手なもんで、もっぱら田舎蕎麦ですねん。若い女の人には蕎麦の香りが強すぎたんと違いますやろか。今ごろ言うのもなんですけどな」

和帽子を取って、流が頭をかいた。

「とっても美味しくいただきました。田舎で食べたのとおんなじ味がしました」

「お生まれはどちらとおっしゃいましたかいな？」

茶を淹《い》れながら流が訊いた。

「敦賀です。福井県の」

「そうでしたか。関東のかたやと思いこんでしもて」

「言葉のせいでしょうね。できるだけ田舎の言葉は使わないようにしていますので」

「テレビでお見かけしたような気がしますけど、気のせいですやろな」

「きっとそうだと思います」

流と馨は意味ありげな笑顔を交わした。

食事を終えた馨は洗面所を借りて化粧を直し、流に先導されて、こいしが待つ探偵事務所へと向かった。

「このお料理はぜんぶ流さんがお作りになったんですか?」

廊下の両側に貼られた写真を見ながら歩いていた馨が訊いた。

「わしはレシピてなもんを書きまへんので、覚え書きちゅうとこですわ。写真を見たら思いだしますんや。こんな料理やったなぁと」

立ちどまって流が答えた。

「さきがけですね。今はみんな料理の写真をスマホで撮ってる」

馨が写真に目を近づけた。

「デジカメっちゅうのは便利なもんですな。なんべんでも撮り直しできるし、撮りだめもできますしな。最近はわしも全部はプリントせんようになりました。なんぞ気になるもんでもありまっか?」

馨が身じろぎもせずに写真の一枚を凝視している。

「探していただきたいのは、このスパゲティなんです」

写真を指さして馨が高い声をあげた。

「たらこスパゲティですか。家内の好物やったんで、よう作りましたわ」

「このかたが奥さまですか？」

馨は、スパゲティを前にしてにっこりと微笑《ほほえ》む掬子《きくこ》の写真に目を向けた。

「亡くなる二年ほど前の写真ですわ。まだこのころはふっくらしとったな」

流が目を細めた。

「こんなにお若いのに、お亡くなりになったんですか」

驚いた顔を馨が流に向けた。

「人の生き死には、よう分からんもんです。あなたもわしも、明日死ぬかもしれんし、百まで生きるかもしれん。そう思うて生きてんとあかんということですやろな」

そう言って、流はまた奥に向かって廊下を歩きはじめた。

流がつぶやいた言葉を胸のなかで繰り返した馨は、しばらく立ちすくんでいたが、慌てて流のあとを追った。

突き当たりのドアを流がノックすると、すぐにドアが開いて、こいしが顔を出した。

「どうぞお入りください」

「あとはこいしにまかせますんで」

くるりと向きを変えて、流が戻っていった。

「面倒やと思いますけど、中込書に記入してもらえますか。簡単でええので」

ソファに座ると、向かい合うこいしがローテーブルにバインダーを置いた。

氏名、年齢、職業、住所、家族構成、連絡先など、どこまで本当のことを書けばいいのだろうか。ペンを持ったまま馨は中込書を見つめている。

「うちはお役所と違いますんで、書き辛《づら》いとこがあったら飛ばしてもろてもよろしいよ」

こいしが気遣った。

「本名のままにしときます」

うなずいて、馨は一気にペンを走らせた。

「本名……。芸名とかペンネームとかがあるんですか？」

こいしが首を左右に振って馨の顔を凝視した。

「ご存じないかもしれませんね」

馨が顔半分で笑った。

「ひょっとして藤河スミレさん？　あのAYG24の？」

こいしが目を白黒させながら訊くと、口元をほころばせた馨は小さくうなずいた。

「失礼しました。分からへんかったわ。テレビで観《み》るのとはぜんぜん違うんですね。もっと大きい人やと思うてました」

頬を紅潮させて、こいしが声をはずませた。

「よくそう言われます。踊ったり跳ねたりしているから、大きく見えるのでしょうね」

「いやぁ、ほんまビックリやわ。まさか、あの藤河スミレさんやとは思わへんかった。今うちの目の前にスミレさんがやはるんやなんて、信じられへんわ」

こいしは興奮を隠せずにいる。

「黙ってたらよかったかも」

馨が舌を出して肩をすくめた。

「今の仕草やったらすぐスミレさんやて分かります。やっぱり素とは違うんやね。スミレさんて呼ばせてもろてもよろしい？」

「いいですよ。食を捜して欲しいのは、田所馨か藤河スミレか、自分でもよく分からないのですが」

馨――スミレが小さくため息をついた。

「そうやった。うっかり仕事を忘れるとこやったわ。お忙しいんでしょ。すぐ本題に入りますわね。捜してはるのはどんな食なんですか？」

慌ててノートを開いたこいしがペンをかまえた。

「たらこスパゲティです」

スミレがこいしの目を真っすぐに見た。

「わりと庶民的なもんを捜してはるんですね。いつ、どこで食べはったもんです？」

こいしがタブレットの電源を入れた。

「成人式のときですから、食べたのは今から五年前のことです。故郷の敦賀で食べました」

「敦賀ていうたら海沿いの町やね。どの辺ですか？」

地図アプリを開いて、こいしがタブレットをスミレに向けた。

「うちの実家は栄新町《さかえしんまち》なので、この辺ですね。で、たらこスパゲティを食べたのは、敦賀駅のロータリーのすぐそば、この『アリガトレ食堂』です。食堂って名前ですけどイタリアンのお店です」

慣れた手つきでタブレットを操作したスミレは、食の口コミサイトのページを開いてみせた。

「『アリガトレ食堂』て変わった名前のお店やけど、ええ感じですやん。ビジネスホテルの一階かぁ。場所も分かりやすいし、これやったらすぐに捜せそうですわ。今もこのお店はあるんでしょ？」

「はい。あると思いますけど、お店のメニューには、たらこスパゲティは載ってないと思います」

「店はあっても、そのメニューはもうなくなった、ていうことですか？　シェフが代わったとか、人気がないのでやめてしまわはったとか、かなぁ」

ペンを持ったまま、こいしが首をかしげた。

「元々このお店にはなかったメニューで、まかない用にカッちゃんが作っていたメニューなんです」

「まかないメニューて美味しいんですよね。で、そのカッちゃんて誰ですのん？」

半笑いして、こいしが訊いた。

「同級生です。ちょっとした有名人なんですが」

スミレが自嘲するように笑った。

「タレントさんかなんかですか？」

こいしはタブレットで検索している。

「名前が知られるほどじゃありませんが、世間ではわたしと深い仲だということになっている……」

「そういうたら何年か前に話題になりましたねぇ。手をつないではる写真」

「覚えていただいてましたか。あのときの写真がカッちゃんなんです」

スミレは遠い目を宙に遊ばせている。

「よかったらそのお話を詳しいに聞かせてください。お茶でも淹れますわ。コーヒーかお茶かどっちがよろしい？」

「じゃあコーヒーをいただきます」

スミレがスマートフォンを取りだして、素早く操作した。

「五年も前やったんですか。なんか、つい最近みたいに思えるんやけど」

こいしがコーヒーメーカーにカプセルをセットした。

「わたしにとっては長い五年間でした。十年くらい経ったような気がします」

スミレがスマートフォンを仕舞った。

「でも、あのときまだ二十歳やったんですね。うちよりおねえさんに見えましたわ」

こいしはローテーブルにふたつの白いコーヒーカップを置いた。

「デビューが十七歳でしたから、そう思われるのかもしれませんね。あれも事務所の戦略なんですよ。最初はうんと幼く見せておいて、急に女らしさを強調する。三倍ぐらいのスピードで成長するロボット」

スミレが笑うと、こいしもそれに合わせた。

「センターて言うんでしたか、トップアイドルでしたね。すんません。でした、なんて過去形を使《つこ》うてしもうて」

こいしは慌てて手に持ったコーヒーカップをローテーブルに置いて、小さく頭を下げた。

「本当のことだからいいんですよ。おっしゃるように、センターなんて、もうはるか昔のことですし。自分で言うのも何ですが、デビューしたときは飛ぶ鳥を落とす勢いでした。それから少しずつ若いコに追い越されていって。なんとかトップグループには入っていましたが、二十歳にもなると、さすがにデビュー当時の勢いはなくなっていました」

スミレが哀《かな》しげに苦笑をもらした。

「厳しいもんなんやなぁ。のんきに歌って踊ってはるように見えてても、裏では熾烈《しれつ》な争いがあるんや」

「マラソンと同じで、トップグループから離されると、もう追いつくのは不可能に近い。そんなギリギリのところで成人式を迎えたんです」

「そこであの騒ぎや。トップグループから引き離されたんは、やっぱりあのことがきっかけで？」

こいしの問いかけに、スミレが悔しそうな顔でうなずいた。

「いろんな人のいろんな思惑に負けてしまいました」

コーヒーカップを手にしたまま、スミレは一点をじっと見つめている。

「うちは食専門やていうても探偵業やさかい、依頼人のかたの秘密は絶対に守ります」

「ありがとうございます。すべてありのままにお話しします」

スミレはコーヒーカップをローテーブルに置いて、背筋を伸ばした。

「うちは聞き役専門で、ほんまに捜すのはお父ちゃんなんで、いちおうメモを取らせてもらいますね」

こいしの言葉に黙ってうなずいたスミレが、破れたジーンズから覗く膝を前に出した。

「子どものころからアイドルに憧れていて、小学校からの同級生の亀山克則《かめやまかつのり》くん、カッちゃんには、ずっとそんな話をしていました。初恋の相手だと言われれば否定することもないのですが、わたしはタレント志望でしたから、男性に対する恋愛感情はほとんどありませんでした。だからカッちゃんは幼なじみという感じだったので、異性という意識をしていなかったんです。カッちゃんは実家が食堂をやっていたので、小学校のころから料理人志望でした。どっちが先に有名になるか、って競争したりして」

「そういう関係てありますよね。異性やけど同性みたいな感じで。うちもそう思うことがようあります」

「だから油断していたんです。成人式が終わって、カッちゃんが食べて欲しい自慢の料理があるって誘ってくれて。ふたりで『アリガトレ食堂』へ行って、コック服に着替えたカッちゃんが、たらこスパゲティを作ってくれたんです。なんだ、ありきたりじゃん、ってわたしが言ったら、まぁ食べてみろってカッちゃんが言うから、仕方なく食べたら本当に美味しくて、今まで食べてたのとは全然違ったんです。カッちゃんはそれを名物にして自分で店を持つんだって張り切っていて。藤河スミレのお気に入りの店にしてくれって冗談言って、ふたりで笑い合って。成人式が済んだんだからと、お店のオーナーシェフがわたしとカッちゃんに上等のワインをご馳走してくれて。飲みなれないワインに、ふたりともすっかり酔っぱらってしまいました。きっとカッちゃんの料理も人気が出るだろうし、ふたりとも子どものころの夢が叶《かな》うねって言って、手をつないで実家まで帰ったんです。隠し撮りされているなんて、夢にも思っていませんでした。田舎だからという安心感もあったんでしょうね。夜道が暗いので恋人つなぎになった瞬間があったんです。酔っぱらってたので転びそうになったのを、カッちゃんが抱きとめてくれたときも一瞬だけあった。そこばかり強調されて、写真週刊誌に出てしまったんです」

スミレが唇を噛んだ。

「そうやったんですか。うちらはそんなこと分からへんさかい、完全に恋人どうしやて思いこみましたわ。テレビでもなんべんも映ってましたしね」

こいしが冷めたコーヒーを飲みほした。

「うちのグループは恋愛厳禁ですから、ボスからも大目玉を食いましたし、たくさんのファンのかたからもきついお叱りを受けてしまいました。半年間の謹慎期間は本当に苦しかったです。アイドルってあんなことがあると人気は急降下するんです。いまだにそれを取り戻せなくて」

「二十歳の男と女が手つなぐぐらい大したことと違うのにねぇ」

「わたしたちの世界は特殊なんです。分かっていたつもりなんですが、つい田舎だと気がゆるんでしまって」

　スミレが顔をゆがめた。

「それくらいのことで、と思いますけど、アイドルてそういうもんなんやろねぇ。気の毒に」

「わたしはいいんです。不注意だったのですから、身から出た錆《さび》なんです。でもカッちゃんは一般人ですから、そっとしておいてあげて欲しかった」

「そうでしたね。思いだしました。初恋のイケメン男性シェフと結婚間近て、週刊誌の見出しに書いてありました。男性のほうは目隠ししてあったけど、知ってる人やったら、すぐに誰か分かるやろねぇ」

「カッちゃんまで追いかけまわされて、実家の『かめや食堂』のお客さんはメディア関係者ばっかりで」

　スミレが苦笑いした。

「カッちゃんは今もそのお店に勤めてはるんですか?」

「お店に迷惑を掛けたと言って、あの騒動のあと、『アリガトレ食堂』のほうはすぐに辞めてしまいました」

「気の毒に。なんにも悪いことしてはらへんのに」

「カッちゃんは子どものころから責任感が強かったんです。だから」

「あのあとも連絡は取ってはるんですか?」

「取ろうとしたんですが、カッちゃんに拒否られてしまって」

スミレが力なく笑った。

「カッちゃん、ええ人なんや」

「カッちゃんは、自分のせいで、わたしの人気が落ちたと思ってしまっていて、行方までくらませちゃったんです。そして何があっても、自分の居場所はわたしに教えるなって、お母さんに言ってるみたいで」

「なんや、うちのお父ちゃんによう似てはるわ。背負わんでもええ荷物までぜんぶかつがはりますねん」

「うちの父もそういう人でした。市役所に勤めていて、地震で大きな被害が出たのは、自分の防災意識が低かったからだと言って辞職してしまったんです」

「分かるわぁ。そこまでせんでええやん、て、いっつも思うてきました」

こいしが身を乗りだした。

「憧れて入った世界でしたけど、まったく逆でした。何かあったときに、どうやって自分だけ助かるかしか考えていない人ばっかりなんです。あのときもそうでした。ボスはマネージャーの責任だと言い、マネージャーはうちの親に責任があると言って逃げたんですが、担当が替わっただけで処分もまぬがれました。結局カッちゃんだけが貧乏くじを引いた格好になりました」

「スミレさんもですやんか」

「さっきも言ったように、わたしは仕方ないんです。自業自得ですから」

スミレが空になったコーヒーカップに目を落とした。

「話をもとに戻さんとあきませんね。どんなたらこスパゲティやったんですか」

ノートに折り目を付けて、こいしがペンを持つ手に力を込めた。

「一番印象的だったのは歯ざわりです。パスタを食べるとプチプチって何かが弾《はじ》けるんです。たらこよりもっと大きくて黒っぽいツブツブが入っていて、弾けるとすごくいい香りが口のなかに広がって。あと見た目も、ふつうのたらこスパゲティよりも赤い感じがしました。でも、味はちゃんとたらこスパゲティでしたよ」

「プチプチ、ツブツブ。キャビアかなぁ」

「キャビアよりもっと大きかったと思います。食べたことがあるようなないような、って言うと、カッちゃんがニヤっと笑っていました」

「キャビアより大きいツブツブ……。何があるんかなぁ」

こいしがノートにイラストを描きつけた。

「味より香り、でした。たらこスパゲティって、ときどき生臭く感じることがあるじゃないですか。あれがまったくなかったんです。食べたあとも口の中が爽やかになって」

「たしかに生臭いて思うときあります。お母ちゃんの好物やったんで、お父ちゃんがよう作ってはって、うちも食べましたけど、白ワインと合わせたときに、えらい後口が悪ぅて、お父ちゃんに文句言うたことがあります」

「上等のたらこを使ってたのかなと思いましたが、まかないに使うのと同じたらこだってカッちゃんが言ってましたから、そんなはずないですよね」

「まかないに出してはるのとまったく同じもんやったんですか？」

「いえ。それを特別にアレンジしたって言ってました。いつか自分の店を持ったときに、このメニューで勝負したいからとも言ってました」

「その夢は叶わず終《じま》いになったんやろか」

「どこかで叶えてくれていると信じているのですが」

スミレが瞳を潤ませた。

「カッちゃんてどんな人なんですか？　体育会系か文化系か。写真で見た感じではスマートな人やったように記憶してるんやけど」

「文化系の人です」

　スミレがきっぱりと言いきって続ける。

「小学校のころから平家物語だとかを読んでいて、みんなにからかわれていました」

「平家物語、ですか。たしかにけったいな小学生やねぇ」

　こいしが苦笑いを浮かべると、スミレが嬉しそうに笑ったあとに真顔に戻った。

「これくらいしかヒントは出せないのですが、捜してもらえそうですか？」

「お父ちゃんやったら、なんとか捜してくれはると思います。ひとつだけ確認ですけど、スミレさんがそのたらこスパゲティを捜してはるていうことは、誰にも知られたらあかんのですよね」

「はい。できればそうしてください。ただ、カッちゃんのお母さんだけは別です。亀山千代子《ちよこ》さんには、わたしが捜しているって伝えてもらってもかまいません。千代子さんはカッちゃんと同じで頑固な人ですから、きっと何も教えてくれないと思いますけど」

　スマートフォンを操作して、スミレが見せた写真は、割烹着を着て鍋をかき混ぜる恰幅《かっぷく》のいい女性だ。食堂を切り盛りするにふさわしい容貌だが、顔つきはいかにも頑固そうだ。

「けど、五年も経った今になって、なんでたらこスパゲティを捜そうと思わはったんです？」

「このままアイドルという仕事を続けていくかどうか、迷っているんです。グループのなかでのポジションも微妙になってきましたし、正直なところ、もうトップどころか、後ろから数えたほうが早いくらいですしね。いつまでも過去の栄光にすがりついているのもみっともないじゃないですか。あのスパゲティを食べれば、どうするかを決められそうな気がするんです」

「アイドルをやめはったら、どうしはるんです？」

「グループを卒業して、ソロでやっていければいいのですが、それも自信ありませんし。田舎に帰ってお嫁さんになるのもいいかなと思っています」

「分かりました。お父ちゃんやったら、うまいこと訊きださはるかもしれませんわ」

　こいしがノートを閉じた。

　食堂に戻ると、洗いものをしていた流が、タオルで手を拭いながら厨房から出てきた。

「あんじょうお聞きしたんか」

「うん。バッチリや。て言いたいとこやけど」

こいしが顔半分で笑った。

「どっちやねん。ほんま頼りないことで申しわけありまへんなぁ」

「いいえ。こちらこそ頼りないことで。改めまして、藤河スミレと申します。どうぞよろしくお願いいたします」

スミレが深く腰を折ると、流はきょとんとした顔で、こいしのほうに顔を向けた。

「お父ちゃんはあんまりテレビを観ぃひんから知らんかもしれんけど、めっちゃ有名なアイドルなんやで」

「昔はともかく、今は崖っぷちアイドルと呼ばれています」

「そうやったんですか。どっかで見たことのある顔やなと思うてたんですわ」

とりつくろったように、流がスミレに笑顔を向けた。

「調子のええお父ちゃんでしょ。たぶんよう分かってへんと思いますわ」

こいしが肩をすくめた。

「次はいつ来たらいいのでしょう」

「だいたい二週間で捜しだしてきはるので、そのころに連絡させてもらいます。携帯に電話させてもろてもええんですか？」

「もちろんです。もし出られなかったら留守電に残しておいてください。すぐに折り返しますから」

「分かりました。お忙しいやろさかい、できるだけご都合に合わせますんで、遠慮のう言うてくださいね」

「ありがとうございます。幸か不幸かスケジュールは昔ほど詰まっていませんから」

スミレが寂しげに笑って身支度を整えた。

「スパゲティを捜してるて言うてはりましたな。せいだい気張って見つけて来ますさかい、待ってとぅくれやす」

流の言葉に一礼して、スミレは敷居をまたいで、店の外に出た。

正面通を西に向かって歩く背中を見送って、流とこいしは店に戻った。

「たらこスパゲティ、てなもん、どこでも食えるがな。どんなんを捜してはるんや」

カウンター席に座って、流がこいしに訊いた。

「自分でも田舎て言うてはったから、田舎やて言うてええと思うんやけど、敦賀のイタリアンのお店で、まかないに出してはった料理なんよ。けど、その料理を作った人は行方知れず。手がかりはこれだけや」

こいしがノートを開いてみせた。

「プチプチにツブツブて、幼児言葉やないんやから。もうちょっとほかに言いようがなかったんかい」

流が語気を強めた。

「せやかてスミレさんがそう言うてはったんやさかい、しゃあないやんか」

「まぁ、掬子の好物やったさかいに、ちゃんと捜すけどな」

「そんな言い方もないいんと違う？　スミレさんのこれからの人生が掛かってるんやから、ちゃんと捜したげてや」

「分かっとるがな」

ノートのページを繰りながら、流は何度も首をかしげた。

2

紅葉が見ごろを迎えたせいなのだろうか。二週間前とは比べものにならないほどの人出だ。前回とは違って、新幹線で京都に入ったスミレは、人波をかき分けながら地下道を進んだ。

変装というほどでもないが、ベージュのコートに黒のリクルートスーツという装いと、黒縁の眼鏡、大きめのビジネスバッグという小道具のおかげで、今のところ誰にも気付かれずにいるようだ。

だがそれは変装のせいではなく、自分の存在感が薄れてきているからではないかともスミレは思ってしまう。髪はうしろで束ねただけで、帽子もサングラスもない、いわば素の田所馨には誰も見向きもしない。藤河スミレは今日で最後になるかもしれない。そんな予感を胸に抱いたまま、スミレは『鴨川食堂』の前に立った。

「こんにちは」

コートを脱いでから、ゆっくりと引き戸を開けて、スミレは顔だけを店のなかに入れた。

「おこしやす。お待ちしてました」

奥から出てきたこいしは、スミレを見るなり目を白黒させ、そのあとの言葉を続けられずにいる。

「びっくりされたでしょ。今日は田所馨のままで参りました」

スミレは悪戯《いたずら》っぽい笑顔をこいしに向けた。

「こんなん言うたら何やけど、テレビとかで見てる藤河スミレさんとは、まるで別人ですね」

「田所馨は田舎のオネエチャンなんです」

伏し目がちになって、スミレはわざともじもじしてみせた。

「そうかぁ。服も地味やしよけいにそう思うんや」

こいしの目はスミレに釘付《くぎづ》けになっている。

「なんやお客さんやったんかいな。えらいすんまへんなぁ、今日は予約だけにさせてもろてますんや」

手拭いを使いながら、厨房から出てきた流がスミレに頭を下げた。

「お父ちゃん、スミレさんやで」

「は？　こちらさんが？」

戸惑った表情を浮かべて、流の目はスミレの上から下まで何度も往復した。

「素だとこんなものなんですよ」

スミレが大きな黒いバッグを床に置いた。

「なんや狐《きつね》につままれたみたいやけど、ほんまに藤河スミレさんですんやな」

流はまだ半信半疑のようだ。

「どうぞよろしくお願いいたします」

スミレが流に頭を下げた。

「わしはてっきり藤河スミレさんがお越しになるもんやと思いこんどりました」

流が気落ちしたように言うと、こいしとスミレは困惑した顔を向け合った。

「お父ちゃん、何言うてんの。おんなじ人やんか」

こいしが高い声をあげ、流は視線を床に落とした。

「とにかく食べてもらわんと。お父ちゃん、早《はよ》ぅ用意したげんとあかんやん。スミレさんは忙しいしてはるんやから」

スミレの目を見ながら、こいしは流の背中を押した。

「そやったな。すぐに用意しまっさかい、ちょっと待ってとぅくれやっしゃ」

大きな音を立てて両ほほを平手で打った流は、厨房に駆け込んでいった。

食堂に残ったふたりのあいだに気まずい空気が流れた。

「すんませんねぇ、お父ちゃんがへんなこと言うて」

こいしはスミレに顔をゆがませてみせた。

「お手洗いをお借りしたいのですが」

スミレが店を見まわした。

「ご案内しましょか？」

「大丈夫。ひとりで行けます。お料理ができるまで、どれくらい時間が掛かるでしょう」

「麺を茹《ゆ》でる時間入れたら十五分から二十分くらいかなぁ。そんなに急いではるんですか？」

「逆です。お料理に間に合わなかったらいけないと思いまして」

小さく微笑んで、慣れた足取りでスミレが廊下を歩いていった。

料理を待つあいだに何か用事でもあるのだろうか。スミレの言葉に首をかしげながら、こいしは厨房に入っていった。


誰もいない食堂はしんと静まり返っている。暖簾をかき分けて、時おりこいしが顔を覗かせるが、スミレの姿はない。傍らで流は黙々と調理を進めている。

「ちょっと柔《やわ》いめに茹でたほうがええさかい、あと五分くらいや。こいし、そろそろテーブルにランチョンマット敷いてきてくれるか」

「スミレさん、まだトイレから戻ってきてはらへんけど大丈夫やろか」

「腹具合でも悪いんかもしれんな。けど、今さらどうしようもないがな」

大きな鍋に泳ぐスパゲティを箸で一本つまみあげ、流が歯ごたえをたしかめた。

「あ、戻ってきはったみたいや」

食堂に人の気配を感じて、こいしがホッとしたように口元をゆるめた。

「はよ用意せな」

急かされて、こいしが慌ててランチョンマットとフォークを持って暖簾をくぐった。

「なんとか間に合ったみたいですね」

テーブル席に座っていたスミレを見て、大きく目を見開いたこいしは小さく声をあげた。

「藤河スミレや」

前髪をおろし、メークを整えたスミレは、真っ赤なミニのワンピースに着替えていた。

「たらこスパゲティを捜していたのは、田所馨ではなく藤河スミレだったんですよね。ずいぶん迷ったんですけど、やっぱりこっちだったんだ。お父さまに教えられました」

スミレが笑顔を明るくした。

「そういうことやったんか。うちもにぶいなぁ」

こいしが自分の頭をこぶしでたたいた。

「なんだかいい匂いがしてきましたね。そろそろかな」

鼻をひくつかせてスミレが厨房を覗きこんだところへ、銀盆を両手で持って、流が厨房から出てきた。

「お待たせしましたな。これが、田所馨さんと違《ちご》うて、藤河スミレさんがお捜しになってた、たらこスパゲティです。どうぞごゆっくりお召しあがりください」

流はスミレの目を真っすぐに見つめた。

「記憶にあるものと一緒です。ありがとうございます」

目を輝かせて、スミレがフォークを手に取った。

「お冷やとピッチャーを置いときます。ご用があったら呼んでくださいね」

こいしと流が厨房に下がっていくのをたしかめて、スミレはフォークを持ったままで、両手を合わせた。

真っ白の丸皿に、こんもりと盛られたたらこスパゲティは、見た目だけだと、あの日にカッちゃんが作ってくれたのと、まったく同じだ。どこの店のそれもピンク色をしているのに対して、カッちゃんが作ってくれたのは、もっと色が濃かった。どちらかと言えば紫色に近い。そんな色目まで同じだ。

味はどうなのだろう。胸をときめかせて、スミレがスパゲティにフォークをからませた。

細めのスパゲティを五本ほどフォークでからめて、くるくると巻き付ける。しっかりと目に焼き付けてから口に運んだ。

味も同じだった。

たしかに、たらこスパゲティなのだが、たらこ臭さというか、あの独特の香りがしない。だからと言って、たらこの味がしないかと言えばそうではなくて、ちゃんとたらこの味がする。目をつぶって嚙みしめても、それがたらこスパゲティだということは間違いなく分かる。

何より特徴的なのはその歯ごたえだ。五本ほどのスパゲティを嚙むあいだに、三回ほど何かがプチプチと弾けた。そしてそのたびに爽やかな香りが口に広がる。あのときとまったく同じだ。

いったい、どうやってこれを捜してきたのだろう。スミレの興味はすぐそっちに移った。

カッちゃんに行きつかなければ、このたらこスパゲティは再現できない。鴨川流はカッちゃんから直接このレシピを訊きだしたに違いない。だとすれば、母親がカッちゃんの居場所を教えたのだろう。藤河スミレの依頼だということをあえて明かしたのだろうか。スミレはさまざまに思いを巡らせながら、たらこスパゲティを食べ進めた。

「どないです？　捜してはったんとおんなじやと思うてますんやが」

流が厨房から出てきた。

「はい。おんなじです。びっくりしています。どうやってこれを見つけだされたのか、自分で頼んでおきながら、不思議でしかたがないのですが」

「詳しいことは、あとでお話しさせてもらいます。ゆっくり召しあがってからでよろしいやろ」

「はい」

流がまた厨房に戻っていった。

半分ほど皿に残ったスパゲティをじっと見つめているうち、こみ上げるものを抑えられなくなった。カッちゃんは今ごろどこにいるんだろう。元気にフライパンを振っているのだろうか。ひょっとして誰かと結婚したんじゃないだろうか。子どものころに自転車にふたり乗りして、おまわりさんに叱られたことを思いだした。無理やり乗せたのだから、悪いのは自分だけだと言っていたときの真剣な顔。まるでお兄さんみたいだと思った。

運動会でバトンを落として、リレーでビリになってしまったときも、みんなから白い目で見られたけれど、カッちゃんだけは励ましてくれた。いつも頼ってばかりだった。

名残を惜しみながら、残りのスパゲティをさらえる。ツブツブが口のなかでプチプチと弾けるたびに、カッちゃんに励まされているような気になる。

ピンク色のたらこの粒だけが残った皿をじっと見つめていると、流が傍《そば》に立った。

「向かいに座らせてもろてもよろしいかいな」

「どうぞお掛けください。お話を聞かせていただければ」

腰を浮かせて、スミレが手のひらを上に向けた。

「まずは敦賀の『アリガトレ食堂』へ行ってきました。なかなかええ店ですな。近所にあったら通いたいですわ。オーナーの女性もええ人でした。亀山克則さんのことも覚えてはりました。もちろん五年前のことも。えらい騒ぎになったんやそうですな。何も悪いことしたんやないから、と言うてオーナーさんは引き留めはったんやそうですが、克則さんの意志は固かったらしいです。その後のことはオーナーさんもご存じないとのことでした。元気にやってるという手紙は届いたけども、住所やとか連絡先はなかったそうです」

「やっぱりそうでしたか」

　スミレがうつむいたまま声を落とした。

「スパゲティのことも訊いてみたんですけど、まかない用に克則さんが作ってはったんは、ふつうのたらこスパゲティやったみたいですわ。もちろんお店のメニューにもありませんでしたし、手がかりゼロでした」

　流が苦笑いした。

「お手間を取らせてしまって申しわけありませんでした」

「気にせんといてください。仕事ですさかい」

　そう言いながら、流はタブレットを操作して、写真をスミレに見せた。

「『かめや食堂』もほんまにええお店ですな。ここも近所にあったら毎日行きたいと思いました。ソースカツ丼を食べたんですけど、元祖のお店と比べても、なんの遜色もない。それでいて値段は安い。テーブルに置いてある自家製の福神漬は食べ放題。これがまたソースカツ丼によう合うんですわ。京都にあったら絶対行列店になってますで。まぁ、そないなったら、ひとりで切り盛りしてはる亀山千代子はんも困らはりますやろけどな」

「懐かしい。お店は昔のままなんですね」

スミレがタブレットに目を近づけた。

「千代子はんもお元気でしたで」

流が指を滑らせて、写真を替えた。

「おばさん、また太ったみたい」

スミレが口元をゆるめた。

「それとのう息子はんのことを訊いてみました。もちろんスミレさんの名前は出してまへんさかい安心しとぉくれやす。『アリガトレ食堂』のオーナーさんと友達やてウソつきましたけどな」

苦笑いしながら流が舌を出した。

「おばさん、話してくれたんですね、カッちゃんの居場所を」

スミレが身を乗りだして、紅潮させた顔を向けると、流は大きく首を横に振った。

「絶対に誰にも教えたらあかん、克則さんからきつう言われているんやと千代子はんが言わはりましてな。とある街で、イタリアンのお店をまかされてはることだけ教えてくれはりました。日本中にイタリアンが何軒あるやら。雲つかむような話やけど、克則さんに辿り着けんと、どうしようもおへんし」

「でも、今いただいたのは間違いなくあのときの」

スミレが怪訝《けげん》な顔つきを流に向けた。

「お父ちゃんはときどきマジックを使わはるんですよ」

益子《ましこ》焼の大きな土瓶と湯呑を持って、こいしが厨房から出てきた。

「マジックと違うがな。縁っちゅうか偶然っちゅうか、不思議なことが起こるんや」

こいしが注いだほうじ茶を流がゆっくり飲んだ。

「縁、ですか。どんなご縁なんです？」

湯呑を両手で包みこんで、スミレが話の続きを急かした。

「あんまりしつこう訊くもんやさかい、千代子はんが克則さんの写真を見せてくれはりましたんや。赤いドアの前に立ってはる写真で、背景も店の看板もなんにも写ってへんのですけど、どっかで見たことのある店やなぁと思うて、記憶の糸を辿ってみました。あそこでもない、あの街でもない、と消していって、残ったんが静岡ですねん」

「静岡？」

よほど意外だったのか、スミレが声を裏返した。

「以前に食を捜しに静岡へ行ったことがありましてな、そのときに通りかかった店と違うかな、と思うて地図を見てみたんですわ。今は便利な時代ですなぁ。ストリートビューっちゅうアレですわ。それ見たら、やっぱりありました」

流が店の写真を見せた。

「本当に真っ赤な店なんですね。お店の名前はなんて書いてあるのかな」

スミレが目を細めて画面に覆いかぶさった。

「『バンディエラ・ロッサ』ですわ。この屋号にピンと来ました。絶対間違いないやろと思うて行ってきました」

「お父ちゃんは、すぐピンときはるんです」

横からこいしが誇らしげに口をはさんだ。

「このお店の名前に何か意味があるんですか？」

「克則さんは、子どものころから平家物語を読んではったんですやろ？ 平家ていうたら赤旗。このお店の名前はイタリア語で赤い旗っちゅう意味やそうです。平家びいきの克則さんのことやさかい、店の名前にしはったんやないやろか。そう直感しました」

「このイタリア語はどんな意味や、てお父ちゃんがＬＩＮＥで訊いてきはったんで、すぐに調べて返事したんです」

こいしが声をはずませた。

「平家が赤旗。そう言えば小学校の運動会のときに、カッちゃんは紅組《あか》じゃないと嫌だと言って駄々をこねてたことがありました。そんなわけだったんですか。なんのことだか、さっぱり分かりませんでした」

スミレは腑《ふ》に落ちたような顔を流に向けた。

「店は間違いない。あとはメニューや。たらこスパゲティがありそうな店やないんですわ。なかったらなかったで、しょうがおへん。とにかく入ってみんことには」

流が湯呑の茶をすすって続ける。

「案の定メニューはイタリア語だらけでさっぱり分からん。パスタっちゅうとこを見ても、たらこのたの字もおへん。しょうがなしに店の人に訊きましたんや。たらこスパゲティはないか、て。そしたらなんと、あるて言うて指ささはったメニューはカタカナだらけですがな。かろうじて分かったんは、スペシャリテだけや。つまり名物っちゅう意味ですやろ。どんな料理が出てくるんやろとドキドキしながら待っとったら、思うてたとおりのもんでした」

流が店の料理写真を見せた。

「それがさっきの？」

「そうです。けど、スミレさんとつながってると思われたらアカンさかい、克則さんとは一切口きいてまへんで。わしが推測で作ったもんです。じっくり味おうて食べましたし、間違《まちご》うてはおらんと思います」

流の言葉に、スミレは大きくうなずいた。

「はい。あの日カッちゃんが作ってくれたのと、まったく同じだと思います。

克則さん、よう考えはったと思います。プチプチ弾けるのはシソの実を混ぜ込んではったからです。全体に味がスッキリしてたんも、たらこをシソジュースに漬けてはったからやろうと思うて、ひと晩漬けてみました。薄《うっす》らと紫色になるけど、気が付かん程度ですわ。たらこ臭さが好きな人には物足らんかもしれんけど、わしは好きな味です」

「うちも好きやわ。けど、やっぱりカッちゃんは夢を叶えてはったんや。お店はえらい流行《はや》ってたみたいですよ」

「隣の席でおんなじもんを食べてた女性グループの話やと、このお店は完全取材拒否らしいですわ。おそらくスミレさんに迷惑が掛からんように、ちゅうことなんやと思います」

流の言葉に、スミレは天井を仰いだ。

「ほんまにカッちゃんは男前やわ」

「ホッとしました」

短い言葉に万感の思いを込めたのだろう。言葉どおり、スミレは穏やかな笑顔を浮かべ、瞳を潤ませている。

「スミレさんも気張らんとあきませんね」

こいしが言葉を掛けた。

「ありがとうございます。これからどうするか、少し考えてみます」

スミレが唇を一文字に結んだ。

「シソの葉はよく見かけますけど、シソの実ってめったに食べませんよね」

スミレが左右に首をかしげた。

「目立たんだけで、ときどきは食べてはると思いまっせ。カレーに添えてある福神漬にも入ってますしな。『かめや食堂』のんにもちゃんと入ってました」

「福神漬のあのプチプチはシソの実だったんですか。知らずに食べてました」

「お造りのツマにも、実になる前のシソの穂がよう使われますで。紫の色目がきれいですさかいにな」

「そうか。あれもシソだったんですか。お醬油に散らすと映えますよね。香りも爽やかだし」

「なんで克則さんは、シソを使うたスパゲティを食べさせたかったか、分からはりますか？」

流が訊いた。

「歯ざわりと香りをよくするためでしょ？」

「それだけですか？」

「ほかに何かあります？」

「子どものころから平家物語を読むような人や。克則さんはきっとシソに自分の思いを込めはったんやと思います」

目に力を込めて、流がスミレを正面から見つめた。

「シソに思い……。よく分からないのですが」

スミレは弱々しい視線を返した。

「藤河スミレさんという芸名はどなたがお付けになったんや知りまへんけど、お誕生月が五月やさかい、きっと藤とスミレの紫色の花にちなんでのことやと思います」

「はい。おっしゃるとおりです。母が考えてくれました。わたしのシンボルカラーはデビューのときからずっと紫色です」

「シソを漢字で書いたら、こうなりますねん。紫が蘇《よみがえ》る」

流がタブレットの字を拡大してスミレに見せた。

「紫蘇……」

その意味に気付いて、スミレが息を呑《の》んだ。

「そういう意味を込めてはったんやと思います」

「カッちゃんらしい……」

スミレが小さく微笑んだ。

「カッちゃんの、もうひとつの願いも叶えんとあきませんね」

こいしがスミレの肩にそっと手を置いた。

「目に見えんとこで力になってくれる人をだいじにせんとあきまへんな」

「はい」

スミレが力強く答えて立ちあがった。

「着替えはりますか？」

こいしが訊いた。

「このまま帰ります」

「気ぃ付けて帰りなはれや」

流が心配そうに言った。

「この前にいただいたお食事代と一緒にお支払いを」

スミレがバッグから財布を出した。

「お気持ちに見合《みお》うた金額を、この口座にお振込みいただくことになってますねんよ」

こいしがメモを手渡した。

「分かりました。帰りましたらすぐに」

コートを羽織って、スミレがふたりに一礼した。

「ほんまに大丈夫かなぁ。藤河スミレや！　て騒がれるのと違うやろか」

「だったら嬉しいです」

見送るふたりに、スミレはこぼれるような笑顔を向けた。

「そうそう。このメモを渡しときますわ。克則さんのお店のメニューです。わしはイタリア語は読めんもんやさかいに。たらこスパゲティっちゅう意味やどや分からんのですけどな。お帰りになったら調べてみてください」

横文字が並んだメモ書きを、流がふたつに折ってスミレに渡した。

「ありがとうございます。わたしも横文字には弱いので調べてみます」

スミレがメモ書きを財布に仕舞いこんだ。

「ほんまに気ぃ付けて帰ってくださいねぇ。なんかあったらすぐ警察を呼ばんとあきませんよ」

こいしの言葉に、スミレが指でOKサインを作った。

「ご安全に」

早足で正面通を西に向かって歩くスミレの背中を見送って、流とこいしは店に戻った。

「さっきのメモやけど、なんか意味があるん?」

「余計なお世話やったかもしれんけど、克則さんの気持ちを伝えといたほうがええやろと思うてな」

流がタブレットの画面を見せた。

「アマーレ・ウーナ・ヴィオーラ。これがたらこスパゲティていう意味なん?」

「違うがな。なんとのう分かるやろ」

「翻訳してみよ」

こいしがスマートフォンを操作した。

「キッチンで料理してはる克則さんの姿をちらっと見たけど、しっかり芯のありそうな、ええ顔してはった。スミレさんにはお似合いやと思うわ」

「そうかぁ。克則さん、スミレさんを愛してはるんや。ええ人やなぁ」

スマートフォンを見ながら、こいしがため息をついた。

「今どきめずらしい、真っすぐで奥ゆかしい男やで」

「お父ちゃんと一緒やんか。なぁ、お母ちゃん」

仏壇に飾られた掬子の写真に、こいしが語りかけた。

「そんなええもんと違う。きっと掬子はそう言いよるで」

線香をあげて、流が手を合わせた。

第二話　焼きおにぎり

1

七年ぶりにJR京都駅に降り立った三橋秀一《みはししゅういち》は、慣れた足取りで新幹線の東乗換口から地下へ降り、地下東口から改札を出た。

紅葉のシーズンにはまだ早いのだが、それでも多くの人がコンコースを行き来している。七年前に比べると、ずいぶん外国人観光客が増えたようで、大きなキャリーバ

ッグを転がすアジア人の姿が目立つ。三橋が学生生活を送った半世紀ほど前には、考えられなかった光景だ。

水道橋の三橋の研究室から直行したこともあって、旅行者らしくない出《い》で立《た》ちだ。小ぶりのボストンバッグを手にして、グレーのスーツ姿で歩く三橋は、周囲から見れば異質な存在に映っているかもしれない。

思い立ったが吉日とばかり、新幹線に飛び乗ってから、京都へ行くことを妻にメールで伝えた。若いころから衝動的に旅をすることが多かったせいか、大して驚くふうもなく、妻の秋子《あきこ》は「わかりました」とだけ短い返事をしてきた。なぜ、だとか、何をしに、などとは一切訊《き》かない。さもそれが当たり前だと言わんばかりのメールに、三橋は苦笑するしかなかった。

地下通路を真っすぐ北に歩けば七条通に行き当たるはずだ。七年前に訪れた京都では『東本願寺』へ参拝したこともあり、その道筋はしっかりと記憶に残っている。

京都駅から離れるにつれて、店舗もない地下通路は人通りが少なくなり、突き当たるころには三橋の耳に入るのは自分の足音だけになった。

突き当たって地上に出る通路は左右ふたつに分かれている。しばらく迷っていた三橋は右側を選び、階段をゆっくり上がっていった。

七条通をわたり、左手に『東本願寺』を見ながら北へ歩く。ふた筋目の正面通を東に曲がる。三橋は頭のなかにある地図のとおりに歩いて、目当ての店を捜した。

たった七年だが、街の様子は様変わりしている。

「この辺りに食堂があったはずだが」

ひとりごちて三橋が見まわすと、自転車のブレーキ音が響き、サドルにまたがったまま、若い女性が声を掛けてきた。

「どこか捜してはるんですか？」

「たしかこの辺に食堂があったと思うのですが」

三橋は正面通の右側を見ながら首をかしげた。

「ひょっとしたら『第矢《だいや》食堂』さんのことと違います？」

「ああ、そんな名前だった気がする。おばあさんがひとりでやっていて、きつねうどんがとても美味《おい》しかったんだよ」

「それやったら第矢さんに間違いないわ。もうお店は閉めてしまわはったんですよ。そこに碑が建ってますやろ」

自転車のスタンドを立て、屈《かが》みこんだ女性が小さな石碑を指さした。

「たしかに書いてありますね。第矢食堂跡地。さすが京都。食堂の跡にまで石碑が建つんだ」

女性の隣に三橋が屈んだ。

「それだけファンが多かったたていうことですやろね。同業者としてはうらやましい限りですわ」

女性が立ちあがった。

「同業者ということは、あなたも飲食業をなさっているんですね。店はお近くですか？」

白いシャツに黒いパンツをはいて、黒のソムリエエプロンを着けた女性に三橋が訊いた。

「すぐそこで食堂をやってますねん」

女性はサドルにまたがった。

「ひょっとして『鴨川食堂』のかたですか？」

地べたに置いたボストンバッグを持って、三橋が女性に顔を向けた。

「うちの店のことを知ってはるんですか」

高い声をあげた女性はまた自転車を降りた。

「これから伺おうと思っていたところなんです」

三橋はボストンバッグから名刺入れを取りだして女性に名刺を渡した。

「なんや、三橋さんやったんですか。もっとお年寄りやと思うてました。うちは鴨川探偵事務所の所長の鴨川こいしです。どうぞよろしゅうに」

こいしは名刺を両手に持ったまま、深く腰を折った。

「お会いできてよかった。どうやってお店を捜そうかと思案していたところなんです。見つからなかったらどうしようかと」

三橋の言葉はまんざら嘘《うそ》ではなかった。

思い出の食を捜そうとして、ふと目に入ったのは「料理春秋《りょうりしゅんじゅう》」なる雑誌の〈食捜します〉の一行広告。これだとばかり、伝手《つて》を辿《たど》って、雑誌の編集長経由で連絡は取れたものの、場所は不確かなままで京都に来てしまった。三橋はてっきり『第矢食堂』が『鴨川食堂』だと思い込んでいたのだ。

「茜《あかね》さんからは、ノーベル賞を取らはるかもしれん偉い学者さんやて聞いてたんですけど、うちに来はる保険屋さんによう似てはるわ」

言葉にしてから、しまったと思ったのか、こいしはあわてて口元を両手で押さえた。

偶然出会った「料理春秋」の編集長、大道寺《だいどうじ》茜とは飲み友達だが、三橋が雑誌を読むことはめったにない。たまたま手に取ったバックナンバーで『鴨川探偵事務所』の広告を見つけ、すぐに茜に問い合わせたのだった。

「ホテルのワインバーで知り合いになったんですが、茜さんはいつも大げさなんですよ。ノーベル賞なんてとんでもない。中学校の皆勤賞以来、賞とは縁のない人生を歩んできましたから」

三橋は、自転車を押すこいしと並んで歩いた。

「候補に上がるだけでもすごいことなんやて、茜さんからは聞いてます。うちらにはまったく分からへん、難しい世界のことやと思いますねんけど」

両手でハンドルを持ち、ゆっくりと自転車を押すこいしが振り向いた。

「簡単なことをいかに難しくするか、なんていうくだらない学会には辟易《へきえき》しているのですよ。一生、賞とは無縁で過ごしたいものです」

「うちのお父ちゃんがいっつも言うてます。ほんまにすごい人は、さりげのう、やってのけはる、て」

こいしの声は心地よく耳に響いたが、三橋は何も言葉を返さなかった。

父と娘に見えなくもないが、歳《とし》の離れたカップルにも見える。自転車を押して歩くこいしを横目で見て、三橋ははにかみながら『鴨川食堂』の前に立った。

「狭い店ですけど、どうぞお入りください」

「おじゃまします」

なかを覗《のぞ》きながら三橋が敷居をまたいだ。

「ようこそ。なんや、こいしも一緒やったんか」

和帽子を脱いで、作務衣《さむえ》姿の男性が三橋に一礼したあと、こいしに目を向けた。

「『鴨川食堂』の主人をしてるお父ちゃん、鴨川流です」

こいしが流を三橋に紹介した。

「三橋秀一さん、でしたな。話は茜から聞いとります。まぁ、どうぞお掛けくださ
い」

流が赤いビニール張りのパイプ椅子を奨《すす》めた。

「三橋です。わたしも、茜さんから鴨川さんのお話はよく聞いております」

床にボストンバッグを置いて、三橋がパイプ椅子に腰かけた。

「お腹《なか》の具合はどないです。いちおうご用意はしとるんですが」

バッグを三橋の隣の椅子に置いてから、流は帽子をかぶり直した。

「是非お願いします。茜さんからも、お腹を空《す》かせて行ったほうがいい、と奨められ
ましたので」

三橋は上着を脱いでパイプ椅子の背に掛けようとした。

「お掛けしときます。こんな店ですけどコート掛けだけはありますねん」

こいしが三橋の上着をハンガーに掛けた。

「ほな、ちょっと用意してきますんで。そうそう。ワインがお好きやて茜から聞いてますさかい、ちょこっと準備しときました。よかったら」

厨房《ちゅうぼう》との境に掛かる暖簾《のれん》をくぐって、流がこいしに目で合図をした。

「ワイン通のかたのお口に合うかどうか自信ないんですけど、白と赤とどっちがよろしいやろ」

こいしが二本のボトルを三橋に見せた。

「また茜さんが大げさにおっしゃったのかもしれませんが、わたしはワイン通でもなんでもありません。ただの飲兵衛《のんべえ》でワインが好きだというだけです」

ボストンバッグから眼鏡ケースを取りだした三橋は、ボトルを手にして眼鏡を掛けた。

「お父ちゃんは最近、日本のワインに凝ってはりますねん。ワインのことはさっぱり分からへんうちでも、このワインは美味しいと思いますわ」

うしろに立つこいしが、三橋の手元を覗きこんだ。

「『リュナリス』と『ソラリス』。名前もいいですな。どちらもまだ飲んだことはないのですが太陽のほうにします」

三橋が赤ワインをこいしに渡した。

「うちはワインセラーもありませんし常温ですねんけど、このままでよろしい？　それともちょっと冷やしましょか？」

「そのままでけっこうです」

「グラスを持ってきますんで、ちょっと待っててください」

ワインボトルを手に、厨房へ入っていったこいしの背中を見送って、三橋は店のなかをゆっくりと見まわした。

店仕舞いしたという『第矢食堂』もこんなふうだった。

庶民的という言葉がよく似合うが、美味しいものが食べられる店に共通する、穏やかな空気が流れている。しかめっ面をして料理と格闘するような食通は決して訪れないだろう。かと言って、腹におさまればなんでもいい、というような客も来ない。

五十年ほども前に下宿していた、大家の台所を思いだし、三橋は目を細めて神棚を見上げた。

「ちゃんとしたワイングラスを買わんとあかんな、ていっつもお父ちゃんと言うてるんですけど、つい忘れてしもうて。こんな安もんですんません」

「いえいえ、これで充分ですよ。きれいに磨いてもらって」

三橋がグラスのステムを指ではさんで、くるりと回した。

「お注《つ》ぎしてよろしい？」

「ありがとう」

緊張した面持ちでボトルを傾けるこいしの横顔を見て、三橋が頬をゆるめた。

「そんなにかたくならなくてもいいですよ」

「慎重に注がんとお父ちゃんに叱られますねん」

ボトルをテーブルに置いて、こいしがホッとしたように小さく息を吐いた。

「どんなことでも、ていねいにせなあかん。そう言うてるだけや。うるさいオヤジやと思われるやないか」

大皿を両手に抱えて、流が目で置き場所をたしかめている。

「なんだかすごいものが登場しましたな。最近はめっきり小食になってしまったので、残したりすると申しわけないのですが」

「たいした量やおへん。品数が多いさかい、ようけに見えるかもしれまへんけど」

山水画が描かれた伊万里《いまり》焼の大皿を三橋の前に置いて、流はワイングラスをその横に置きなおした。

「聞きしにまさる、とはこのことでしょうか。茜さんから聞いてはいましたが、まさか食堂でこんな料理が出てくるとは」

　皿の上を見まわして、三橋が目を輝かせた。

「料理の説明をさせてもらいます。左の上は松茸《まつたけ》の牛肉巻きです。塩がしてありますさかい、酢橘《すだち》を絞って食べてください。その右は干し柿。間にチーズを挟んでありますす。右端は殻付きの牡蠣《かき》。軽ぅ燻製《くんせい》にしてます。ライムを絞ってもろても、そのままでも。その下は鶏《とり》の胸肉のビール揚げ。さつま芋のチップと一緒にタルタルソースをつけて召しあがってください。和風フィッシュアンドチップスていう感じですわ。その左は浅葱《あさつき》を巻いた鯛《たい》の昆布〆《こぶじめ》です。ポン酢のジュレを上に載せてます。左端は小芋の柚子味噌《ゆずみそ》まぶし。一味を振ってもろても美味しおす。その下の小鉢は秋茄子《あきなす》と鴨ロースの揚げ煮。辛子がよう合います。その右は秋鯖《あきさば》の小袖寿司《こそでずし》。背の青いとこだけ焙《あぶ》ってます。酢飯に醬油《しょうゆ》を混ぜ込んでますんで、そのまま食べてください。右端は鮑《あわび》のワイン蒸し。柚子胡椒《こしょう》をちょびっとつけてもらうと、味に変化がでて愉《たの》しおす」

　料理の説明をする流に、三橋は何度もうなずきながら、つばを飲み込んでいる。

「どうぞゆっくり召しあがってください。秋刀魚《さんま》の炊きこみご飯を用意してますんで、適当なとこでお声を掛けてください」

「お茶が要るようやったら言うてくださいね」

言い置いて、流とこいしは厨房に戻っていった。

ひとり残った三橋は、ワインで喉を潤したあと、利休箸を割って干し柿に伸ばした。

「いいワインだ。干し柿との相性も抜群だな」

食べながらひとりごちるのは三橋のクセだ。結婚当初はいぶかっていた妻も、今では同じようなことをしている。会話ではなく、ふたり別々のことを言っているのに、時おり顔を見合わせて苦笑いするありさまである。

「ほう。鶏でフィッシュアンドチップスか。なかなか旨《うま》そうじゃないか」

茶色く揚がった鶏肉を指でつまんだ三橋は、ぽいと口に放りこんだ。

「魚よりこっちのほうがいいかもしれん」

ワイングラスを傾けながら、三橋は次々と料理に箸を伸ばした。

いつもより飲むピッチが速いことに気付き、箸とグラスを置いて、あらためてワインボトルを手に取った。

「『ソラリス　ユヴェンタ・ルージュ』。メルローを使っているのか。それにしても飲みやすいワインだな。すぐに一本空いてしまいそうだ」

しげしげとラベルを見た三橋は、ボトルをもとの位置に戻し、あらためて大皿を見まわした。

　まさに秋のご馳走《ちそう》尽しだ。京都の大学を卒業して、すぐに東京に出たものの、しばらくは食うや食わずの暮らしが続いた。運よく東都国際大学の教員として勤め始めた三十歳まで、こんなご馳走とはまったく無縁だった。

　島根県の浜田にある実家へ帰省するたびに、東京土産を持ち帰ったが、両親ともに、バチが当たると言って、仏壇に供えてからしか口にしなかった。銀座の鮨《すし》屋でこしらえてもらった折詰を、夜行列車で持ち帰ったときなどは、傷むからすぐに食べるよう奨めたが、ご先祖さまが先だと言って頑《かたく》なに拒んだせいで、結局傷ませてしまったのも苦い思い出だ。

　秋鯖の小袖寿司を指でつまみ、口にぽいと放りこんだ三橋は天井を見上げた。

　お金がなかったせいでもあるが、若いころは空腹さえ満たせれば、どんな食事でもよかった。それではいけない。そう教えてくれたのは下宿先の大家だった。お金のあるなしにかかわらず、どうせ食べるならできるだけ美味しいものを。そう願うことが大事なのだと教わった。

　七十を超えて、そろそろ終活に入らねばとなって、気がかりなことはただひとつ。

「どないです。お口に合《お》うてますかいな」

厨房から出てきた流の声で我に返った。

「美味しくちょうだいしております。美味しすぎて、肝心のことを忘れてしまいそうです」

「よろしおした。ご飯もそろそろ炊き上がりますんで、いつでもお声を掛けてください」

「ありがとうございます。美人探偵さんにお待ちいただいているのではありませんか？」

三橋が厨房に向けて首を伸ばした。

「娘のほうもいつでもええように準備しとりますけど、急《せ》いてもらうような話やおへん。ゆっくり召しあがってください」

「歳をとると何ごともスローペースになっていけませんな。若いお嬢さんを長いあいだお待たせして申しわけありません。ご飯のほうもすぐにいただきますので」

「なんや、急かしたみたいですんまへんなぁ。ご飯とお汁《つゆ》をお持ちしますけど、ほんまに急ぎまへんのやで」

念を押してから、流が厨房に戻っていった。

殻付きの牡蠣、鮑のワイン蒸しと、急いで口に入れながら、ワインで流し込む。気が急くと腰まで浮いてしまう。

「お待たせしました」

流が小さな土鍋を運んできてふたを取った。

「こりゃ旨そうだ。秋刀魚は好物なのですが、いつも小骨を喉に刺させてしまう。こうして身をほぐしていただくとありがたいですな」

「わしもそうですねん。へたしたら鰻《うなぎ》の蒲焼《かばやき》でも小骨が喉にひっかかるくらいですわ。よう家内に笑われましたわ。不器用やなぁて」

「いやぁ、実に旨い。今年は秋刀魚が豊漁だそうですが、脂の乗りもいいみたいだ。お汁も秋刀魚によく合う。大根おろしの味噌汁は初めてですよ」

三橋はまるで若者のように炊きこみご飯をかき込み、味噌汁をすすった。

「ええ食べっぷりですな。さすがはノーベル賞候補の学者はんや。どんなことにでも手を抜かはらん」

「お嬢さんにも申しあげたのですが、茜さんは大げさなんですよ。ノーベル賞なんて夢のまた夢です」

三橋が箸を置いて、手を合わせた。

「お茶は温《ぬる》めにしときました」

「ありがとうございます。じゃあ参りましょうか。たしか食堂の奥に探偵事務所があるんですよね」

茶を飲んで三橋が立ちあがった。

三橋はふだんからせっかちな性格なので、かき込むような食事でもまったく苦痛は感じない。恐縮する流は、探偵事務所に続く廊下を歩きながら、何度も振り返って頭を下げている。

「お気になさらんでください。早メシには慣れていますから。研究に夢中になっているときなんかは、三分と掛からず昼飯を済ませてしまうくらいです」

廊下の両側の壁に貼られた写真に目を向けながら、三橋は流のあとをついて歩く。

「それやったらええんですけど、ゆっくり味おうてもらえなんだんと違うかなと反省しとります」

「この写真は鴨川さんがお作りになった料理ですか」

「わしはレシピてなしゃれたもんを残しまへんので、写真で残してますんや。備忘録っちゅうやつです」

「先ほど、奥さんによく笑われた、と過去形でおっしゃいましたが」

旅行先らしい宿で撮られたとみられる家族写真に、三橋の足がとまった。

「先にあっちへ行ってしまいよりましてな」

流が天井を指さした。

「そうでしたか。お辛《つら》いことでしょう」

「三橋さんの奥さんは？」

「元気過ぎて困っています」

「ありがたいことですがな。だいじにしてあげなはれや」

短い会話を交わすうち、廊下の突き当たりまで辿り着いた。

「どうぞお入りください」

流がノックすると、こいしがドアを開けて、三橋に笑顔を向けた。

探偵用のユニフォームなのか、こいしは黒いパンツスーツに着替えている。

「あとはこいしにまかせますんで」

流が廊下を戻っていった。

「ご面倒ですけど、これに記入してもらえますか？」

ローテーブルをはさんで向かい合って座るこいしが、三橋にバインダーを手渡した。

「申込書ですか。なんだか携帯電話の契約みたいですな」

ロングソファのまん中に腰かける三橋が、浅く座りなおして眼鏡をかけた。

「形だけなんですけどね」

こいしは急須のふたを押さえながら茶を淹《い》れている。

「記録を残すというのはだいじなことです」

三橋は角ばった筆跡で、ていねいに記入し、バインダーをこいしに返した。

「三橋秀一さん。七十二歳。東都国際大学名誉教授。東京にお住まいで奥さんとふたり暮らし。新聞やらで見ることはありますけど、名誉教授のかたにお会いするのは初めてですわ。お手柔らかに」

こいしが頭を下げた。

「名誉と名が付けば、もう御用済みが近いってことですよ。こちらこそよろしく願います」

三橋がこいしに倣った。

「どんな食をお捜しなんです？」

タブレットの横に置いたノートを開き、こいしがペンをかまえた。

「焼きおにぎりです」

「おにぎりを焼いただけ、のあれですか？」

「そうです。具は入っておりません。おにぎりに醤油を塗って焼いただけのものです」

「どこで、いつ食べはったもんですか?」

ノートにおにぎりのイラストを描いて、こいしが三橋に訊いた。

「少し話が長くなりますが、よろしいでしょうか」

「もちろんです」

両膝を前に出して、こいしが三橋の目を真っすぐ見つめた。

「わたしは島根県の浜田という田舎で生まれましてね。実家は祖父の代からお茶の栽培をして生計を立てておりました。浜田は、京都や静岡のような名産地ではありませんから、高値で売れるわけもなく、裕福とはほど遠い暮らしでした。どういうわけか、わたしは何より勉強が好きという変わった子どもでした」

「勉強が好きな子どもなんて、うちには信じられへんわ」

「科目を問わず、本当におもしろいと思ったんです。なぞ解きというのか、答えを見つけるというのは、こんなに愉しいのかと」

茶をひと口飲んで話を続ける。

「中学、高校と進んで、うちの経済状況から考えれば、ここまでだとわたしはあきらめていたのですが。そうとう無理をしてくれたんでしょうな。京都大学に入ることができたんです。家計がそんな状態でしたから、一番安い下宿を学生課で捜してもらって」

「ありがたいことですね、ほんまに。親て子どものために、ものすごい無理してくれるんですね。そのときは分からへんけど、あとになったら、よう分かる」

「おっしゃるとおりです。どんな思いで、どんな工面をして、下宿代を捻出してくれていたのか。もう少し早く気付くべきだったと思いました」

三橋がそう言ったあと、しばらくの沈黙が続いた。

「そのおかげで偉い先生にならはったんやから、感謝しかありませんね」

「若いというのは愚かなことで、そのときは少しでも仕送りが遅れると、母に手紙で催促したりしましてね。下宿代も滞りがちでしたから、毎日顔を合わせる大家さんに申しわけなくて」

「コーヒー淹れますわ」

本題に入るまではまだ時間が掛かりそうだと読んで、こいしが立ちあがった。

「申しわけないね。話が長くなってしまって。きちんとお伝えしたほうが、捜していただきやすいだろうと思ってのことなんですが」

三橋がソファの背にもたれかかった。

「ええんですよ。これがうちの仕事ですし。ミルクとお砂糖はどうしはります？」

「両方お願いします。お砂糖はたっぷりで」

「甘党なんですか？」

「昔のことを思いだしたり、お話ししたりすると、頭が甘いものを要求してくるんですよ」

三橋が身体《からだ》を起こして頭を指さした。

「甘いもんは頭にええんや。ええこと聞かせてもろた。安心して食べられますわ」

苦笑いしながら、こいしがローテーブルにコーヒーをふたつ置いた。

「下宿していたおうちは、割と大きなお宅でしてね。庭も広くて、一階が大家さんの住まいになっていて、二階に六畳の部屋が三つ。うちひとつは納戸らしく、あとのふた部屋が下宿。わたしともうひとり京大生が暮らしていました」

三橋はクリームを入れ、スティックシュガーを二本カップに入れた。

「下宿てしたこともないし、見たこともないんですけど、大家さんとはどんな感じの付き合いなんですか？　一緒にご飯食べたりとかするんですか？」

こいしがコーヒーカップに口を付けた。

「まかない付きの下宿もありましたが、うちは違いました。基本的に食事を一緒に摂《と》ることはありませんでしたが、おやつはよくいただきました。試験勉強中に夜食を作ってもらったことも何度かありました」

「今みたいにコンビニとかがない時代やから大変やったでしょう」

「大学のなかの食堂とか売店とかをよく利用しましたが、下宿の近所にも安い食堂があったんです。そこで食べて下宿に戻ることが多かったですね」

「お風呂とかは？」

「大学へ通う道沿いに銭湯が二軒ありましてね。お風呂は不自由しませんでした」

「下宿生活いうのが、なんとなく想像できるようになりましたわ」

こいしはコーヒーカップをソーサーに置いた。

「とーとーこ、ってご存じですか？」

コーヒーカップを持ちあげて、三橋が訊いた。

「とーとーこ？　聞いたことないですわ。なんのことですか」

焼きおにぎりとどういう関係があるのか。いぶかりながら、こいしはノートに書きつけた。

「うちの辺りでは、トウモロコシのことを、とーとーこと呼ぶんです。仕送りが遅れて、家賃を滞納すると、お茶だとか、畑で穫《と》れたものを、大家さんのところに送ってきましてね。夏場はたいてい、とーとーこでした」

「トウモロコシをとーとーこ。なんや外国語みたいですね。でも、きっと美味しいトウモロコシなんやろなぁ。大家さんはなんていうかたなんです？　覚えてはりますか？」

　こいしがノートのページを繰った。

「忘れるわけありません。石川郁《いしかわかおる》さん。その当時六十歳くらいだったと思います。早くにご主人と死別されたようで、わたしが知る限り、ずっとおひとりでした。捜して欲しいのは、その石川さんが作ってくださった焼きおにぎりなんです」

「下宿はどこにあったんです？」

　本題に入って、こいしが背筋を伸ばした。

「京都府京都市左京区東福ノ川町四十八の三。『金戒光明寺《こんかいこうみょうじ》』のすぐ西側でした」

「『金戒光明寺』ていうたら、黒谷《くろだに》さんのことですね。この辺りですか？」

　タブレットの地図アプリを開き、こいしが人差し指で画面をスワイプした。

「ええ。この辺りです。この石段を下りて、北へ歩いて左側、ここです。京都帝國大学医学部の納骨墓地の南側に石川さんのおうちがあったんです。今はもう影も形もありませんで、駐車場になっていましたが」

「最近、見に行かれたんですか？」

「うんと前です。結婚して家内と京都へ旅行したときに、様子を見に行ったときですから、三十五年ほど前になりますね」

「三十五年前やったら、まだ石川さんも七十代でお元気やったんと違うんかなぁ」

「わたしもそう思って訪ねてみたので、ショックでした。周りもすっかり様変わりしてしまっていて、新しい家ばかり。石川さんの消息を訊《たず》ねようにも、訊ねる術《すべ》もないありさまでした」

「一九八〇年代ていうたら、京都の街が劇的に変わったころなんやろなぁ。石川さんの行方が分からへんかったら、焼きおにぎりも手がかりなしですね」

こいしが肩を落としてペンを置いた。

「もう少し早く訪ねていたら、と後悔しましたが、どうしようもありませんでした」

「記憶を辿ってもらうしかありませんね。どんな焼きおにぎりだったんですか？」

「さっきお話しした、とーとーこなんですが、石川さんがとても気に入ってくれて、いつも焼いて食べさせてくれました。家のなかに芳《こう》ばしい匂いが広がって、お腹が空くわけですよ。もうひとり、一緒に下宿していた山添《やまぞえ》というのが厚かましい男でね、何本もお代わりをねだるんです。でも石川さんはいやな顔するどころか、嬉《うれ》しそうにとーとーこを焼いて、同じタレで焼きおにぎりまで作ってくれたんです」

三橋が遠い目をして天井を見上げた。

「ということは、焼きトウモロコシとおんなじ醬油味やったんですね」

「そうです。ただ、それがどうやらふつうの醬油ではなく、石川さんの特製だったと思うんです。石川さんは秘密の醬油と言ってましたが、なにか瓶詰のなかのタレというか煮汁のようなものを小皿に取って、それを刷毛でとーとーこやおにぎりに塗るんです」

「ふつうの醬油と違うんやったら、どんな味がしたんですか？　特別な匂いとか」

もどかしげにこいしが訊いた。

「わたしはまったく料理をしない人間なので、よく分からないのですが、冷凍食品なんかの焼きおにぎりとは違いますし、居酒屋で出てくるものとも違います。わたしが懐かしがるものだから、家内もときどき作ってくれるのですが」

三橋が首を横に振った。

「どこがどう違うんやろ。味噌と違《ちご》うて、醬油味やったら、どんな焼きおにぎりでも似たような味になると思うんやけどなぁ」

こいしがノートに描いた焼きおにぎりのイラストを何度もなぞった。

「ヒントになるかどうか分かりませんが、鰻の蒲焼を食べると、似たような味に感じることがときどきあるんです。いつもではないのですが」

「鰻の蒲焼。ということは甘辛いということか。醤油に味醂《みりん》でも混ぜてあったんやろか」

「家内も同じようなことを言って、蒲焼のタレだとか、すき焼きの割り下なんかで試してみてくれたのですが、似て非なるものでした」

「違うんか。そしたら鰻そのものかもしれん。鰻の骨を醤油に漬け込んだとか。けど、そんなん聞いたことないなぁ」

ノートにイラストを描きながら、こいしがひとりごとを並べた。

「あいまいなことで申しわけないですな」

三橋がコーヒーを飲みほした。

「ちょっとお話を整理させてもらいますね。三橋さんが京大の学生やったじぶんに下宿してはった、大家の石川さんが作ってくれはった焼きおにぎりを捜してはると。時期的には今から五十二年ほど前になるのかなぁ。下宿の場所は黒谷さんのすぐ傍《そば》。トウモロコシと同じタレで焼いてはった。醤油味やけど、ふつうとは違う。鰻の蒲焼と似たような味やと思うけどそうでもない。こんな感じですか」

ノートを繰りながらこいしが話すと、三橋は何度もうなずいた。

「けど、五十年以上も前に食べた焼きおにぎりを、なんで今捜そうと思わはったんですか？」

こいしが正面から見すえると、三橋はふっと目をそらした。

饒舌《じょうぜつ》だった三橋が急に黙りこむのを見て、こいしが言葉を足した。

「話し辛いことやったらパスしてもろてもいいですよ」

一分も経《た》っていないだろうが、ふたりには長い沈黙に思えた。ようやく三橋が重い口を開いた。

「本当に貧しい学生生活を送っていましてね。今のような時代なら学生アルバイトもたくさんあるのですが、当時は家庭教師くらいしかなかったんです。時給に換算すれば悪くないのですが、自分の学業を最優先にしていましたから、日数も少なく、大した収入にはなりません。いっぽうで、ますます勉強がおもしろくなって、欲しい本は増えるばかり。専門書になればなるほど高価になる。どうする手立てもなくて毎日イライラしていました」

昔のことを思い出しながら語る三橋は、何度もため息をはさんだ。

「遊ぶお金欲しさにバイトする話はよう聞きますけど、昔の学生さんは偉かったんですねぇ」

重い話の合間に、どう言葉を返していいのか戸惑いながら、こいしは無難な合槌《あいづち》を打った。

「忘れもしません。三回生の冬休みでした。夜行列車で浜田に帰省する日の夕方でした。届けものをするあいだ、少しだけ留守番をしてくれと石川さんに頼まれました。時間も充分あるので、断る理由もなく引き受けて、いつもの茶の間でラジオを聞きながら留守番をしていました。すみません、お水をいただけますか」

緊張した面持ちで、三橋が話を中断した。

ホテルの客室に備えてあるような、小ぶりの冷蔵庫から冷水ポットを取りだして、こいしがグラスに水を注いだ。

「ありがとう」

三橋はそれを一気に飲みほしてから話を続けた。

「魔が差した、としか思えんのですよ。貧しい家庭に育ちましたが、絶対に人さまのものに手を出しちゃいかん。うらやましがるのもいけない。厳しく育てられましたから、まさか自分がそんなことをするとは思っていませんでした。気が付くと、石川さんの大きながま口を開けて、なかから数枚のお札を抜き取っていました。少しだけ言い訳をするなら、がま口が膨らんでいて閉じるのに苦労するほど、お札がぎっしり入っていたのです。それを見た瞬間に、すーっと罪悪感が消えていった感覚は、今でもはっきり覚えています。数えることもなく、お札を無造作にズボンのポケットに仕舞って、がま口をもとの位置に戻しました。自分でも驚くほど冷静でした。常は論理的に物ごとを考えるのに、このときはなぜか感情が優先していました。あんなにたくさんお金があるのだから、数枚盗んでもきっと気付かないだろう。石川さんが困ることはないだろう。自分でそう決めこんでしまったのです。待っているあいだもドキドキもしませんでしたし、悪いことをしたともまったく思わずに、石川さんの帰りを待ちました。十分くらいして石川さんが戻ってこられたときも動揺しなかった。留守番のお礼だと言って、新聞紙に包んだ焼き芋をもらって、素知らぬ顔で二階の部屋に戻りました」

小さく咳払《せきばら》いした三橋は、こいしが注ぎ足した冷水を、喉を鳴らしながら飲んだ。

「どう言うたらええのか。苦い思い出としか言いようがないですね」

どんな言葉をはさんだらいいのか、こいしの困惑は深まるばかりだった。

「夜行列車に乗っても、さすがに眠れませんでした。少しずつ罪の意識が芽生えてきたのです。いっぽうでそれを打ち消そうとする気持ちも湧いてくるのです。当時の学生仲間には、富の分配なんていう言葉を使うやつがたくさんいて、学生運動まではいきませんが、そんな思想に少しばかり影響を受けていたせいでもあるのでしょう。今から思えば、本当に馬鹿げたことなのですが」

「どんな理由があっても、盗みは盗みですもんね。いくらくらい抜き取らはったんですか？」

「寝台車で浜田まで往復する汽車賃に、帰省土産を買って、まだまだ余っていました。正月明けに京都へ戻ってきて、欲しくてたまらなかった研究書を買って、ようやくなくなったくらいですから、かなりの大金でした」

三橋がゆがめた顔を天井に向けた。

「そのことはどなたかに話されたんですか？」

「誰にも言えなかったから苦しんできたんです。当の石川さんにはもちろん、両親にも友人にも誰にも言いませんでした。家内にもずっと言わずにきたのですが、この夏に信州へ旅行したときに、なぜか話してしまったんです」

「奥さんもびっくりしはったやろねぇ」

「結婚して初めて家内に大声で叱られました。なぜ今までだまっていたのかと。犯してしまった罪は仕方ないとして、懺悔《ざんげ》しないと死ぬまでその罪を背負い続けなければいけない。まったくもってそのとおりなのですが。その勇気をこれまで持てなかったのです」

「ええ奥さんやと思います」

こいしが短く言葉をはさんだ。

「わたしがなぜ焼きおにぎりにこだわっているのか、やっと分かったとも言っていました。ただ、どういう形で懺悔すればいいのかが、わたしには分かりませんでしてね。そこで思いついたのが、石川さんの焼きおにぎりなんです。それを捜しだすことができれば、なんらかの形で懺悔できるのではないか。そう思ったのです」

「そういうことやったんですか。うちもやっと分かりました。なんで焼きおにぎりを捜してはるのか」

こいしがノートにペンを走らせた。

「石川さんが作ってくださった、あの焼きおにぎりをもう一度食べて、ちゃんと味わうことが懺悔の第一歩になると思うのです」

「もしも石川さんが生きてはったら、捜しだしてレシピを教わるのが一番の早道やと思いますねんけど」

「ご存命なら、百十歳を超えておられることになりますから、可能性としてはないに等しいでしょう」

三橋がゆっくりと首を二、三度横に振った。

「肝心なことを訊き忘れてました。石川さんて京都のかたでしたか？」

「たぶん、そうだと思います。〈何をしはんのや〉とか、〈気い付けて〉とか、関西弁をよく使ってましたから」

「何をしはんのや……」

小さくつぶやいて、こいしが小首をかしげた。

「関西弁といっても、京都と大阪では微妙に違いますよね」

「ええ。でも、京都の人やとしたら、なんとか捜せるかもしれません。お子さんかお孫さんまで辿り着けたら、分かるんと違うかな。どっちみちお父ちゃんの腕次第ですけどね」

「実際に捜しだすのはお父さんの仕事だそうですね。茜さんから聞いてます。わたしが死ぬまでになんとかお願いします」

ソファから腰を浮かせて、三橋が頭を下げた。

「あんじょうお聞きしたんか？」

ふたりが食堂に戻るのを待ちわびたように、流がこいしに声を掛けた。

「長々とお話をしてしまいました」

三橋がこいしに微笑《ほほえ》みかけた。

「茜からも頼まれてますさかい、せいだい気張って捜させてもらいます」

「どうぞよろしくお願いいたします。今日の食事代と、探偵料をお支払いさせていただきますので」

三橋がボストンバッグから長財布を取りだした。

「うちは後払いになってますねん。お捜しのもんを見つけてきて、納得いただいてからお支払いいただきますので、今日はけっこうです」

「せめて食事代だけでも払わせてください」

「それも探偵料に含まれてますんや」

流に念を押されて、三橋は渋々財布をバッグに仕舞った。

「だいたい二週間くらいでお捜しして連絡させていただきます」

「そんなに早く見つけていただけるのですか」

驚いた三橋は、大きく見開いた目をこいしに向けた。

「これまでの経験からすると、二週間ほどで見つけられなんだら、一年経っても見つからんのですわ」

「そういうものなんですかね」

首をかしげながら上着を羽織った三橋が店の外に出た。

「さっき記入してもらった申込書の電話に連絡させてもらいます」

「電話に出ないことが多いものですから、メールアドレスにお願いします」

「承知しました」

短いやり取りをして、三橋が正面通を西に向かって歩いて行った。

「ものはなんやった？」

店に戻るなり流が訊いた。

「焼きおにぎり」

こいしが答えた。

「えらい難問やな。シンプルなもんほど難しい。どこぞの店で食べはったもんか？」

カウンター席に腰かけた流が、こいしから渡されたノートを開いた。

「下宿の大家さんが作ってくれはったんやて」

隣に座って、こいしが細かな説明をした。

「今回はえらいようけメモしたぁるやないか」

「三橋さんのお話を聞いてて、雲つかむみたいやなぁと思うたさかい、できるだけヒントを集めとこうとがんばったんよ」

「ようやった。こんだけあったら、なんとか捜せそうや」

流がこいしの肩をポンポンとたたいた。

「ほんまに？　こんなんで捜せるん？」

「これくらい、やけど光が見えてきた」

流は親指と人さし指のあいだに一センチほどのすき間を作った。

2

見つかった、との連絡を聞いたものの、秋の学会シーズンと重なったこともあって、ひと月近く経っての再訪となった。

秋も深まり、朝晩は肌寒さを感じるほどだ。三橋は黒いジャケットの下に薄手のベストを着こんでいる。

看板もなく、暖簾も上がっていないが、『鴨川食堂』のなかからは、芳ばしい出汁《だし》の香りが漂ってくる。小さく鳴った腹を押さえて、店の引き戸を開けた。

「おこしやす。お待ちしとりました」

和帽子を取って流が出迎えた。

「よく捜しだしていただきました」

三橋は腰を折ってからジャケットを脱いだ。

「礼を言うのは食べてもろてからにしてください。今回は捜しだすのに苦労しまして、わしの推理っちゅうか、想像で再現してみただけですさかい、正直言うと自信ないんですわ」

「承知しました。どういうわけか、あの焼きおにぎりの味だけは、はっきり記憶に残っておりますので、もしも違っていたら、はっきり違うと申し上げることにします」

三橋は正面から流を見すえた。

「どうぞお掛けください。すぐにご用意しますよって」

こいしが厨房から出てきた。

「あいにくこの季節になると、ええトウモロコシがなかったもんで、ほんまに焼きおにぎりだけしかご用意できてませんねん」

テーブル席に着いた三橋に流が言った。

「それで充分です。今日はお茶だけをいただいて、しっかり焼きおにぎりを味わわせていただきます」

「どうぞお手柔らかに」

微《かす》かに笑みを浮かべて、流が厨房に入っていった。

「お父ちゃんが言うてはったように、今回は見つけられへんかったんで、想像だけで作らはった焼きおにぎりですねん。もしも的外れやったらごめんなさいね。先に謝っときます」

こいしがちょこんと頭を下げた。

「もともとが無理なお願いをしたのですから、別ものだったとしても当然だろうと思っております。違っていたとしても、ちゃんと探偵料はお支払いさせていただきます」

「そう言うてもろたら、ちょっと気が楽になりますけど、もしも違うたときは、交通費やらの実費だけいただくことになってますんで」

「遠くまで足を運んでいただいたのでしょうか」

「焼きおにぎりを食べてもらうまでは、一切しゃべったらあかんてお父ちゃんに言われてますねんけど、遠いとこまで行かはったんですよ」

「そうでしたか。おそれいります」

「こいし、余計なこと言わんでええ」

厨房との境に掛かる暖簾のあいだから、流が顔を覗かせると、こいしが舌を出して、首をすくめた。

「お茶を置いときますよって」

信楽《しがらき》焼の土瓶と湯呑《ゆのみ》を置いて、こいしが厨房に戻っていった。

交通費という言葉がこいしの口から出たので、遠くまで、と言葉を返したものの、焼きおにぎりを捜すのに遠方まで行く必要があったのだろうか。だとすれば、それはいったいどこなのか。京都のなかで見つかると思い込んでいた三橋には意外な展開だった。

「今でこそ、ありきたりの料理に思えますけど、五十年前にはめずらしかったと思いまっせ。たぶんガス火に餅焼き網を載せて焼いてはったんやないかと思うて」

流がテーブルにカセットコンロを置き、餅焼き網を載せた。

「石川さんの茶の間は台所とは別になっていましたから、どうやって調理されたかは、まったく分からないんですよ。こういうことだったかもしれませんし、違ったかもしれません」

　腕組みをした三橋が餅焼き網をじっと見つめている。

「一から焼いてると、味が染みるまでに時間が掛かりますさかい、ここでは最後の仕上げだけにさせてもらいます」

　染付の丸皿に載せた二個の焼きおにぎりからは、すでに芳ばしい醬油の香りが、湯気とともに立ちあがっている。

「それが秘密のタレですか」

　カセットコンロの真横に置かれた唐津《からつ》焼の片口を三橋が指さした。

「そうです。これをなんべんも刷毛で塗って焼き上げます。わしの推理が間違うてなんだら、きっと石川さんが作らはったんと同じ味がするはずです」

　流は餅焼き網におにぎりを載せ、片口に入ったタレを刷毛でていねいに塗った。

「匂いはおんなじだと思いますな」

　三橋は焼きおにぎりに近づけた鼻を鳴らした。

「味もおんなじやとええんですが」

流は不安そうな目つきで、焼きおにぎりを見つめた。

「三橋さんが食べはったんと、おんなじかどうかは分からへんけど、美味しいのは間違いないですよ。味見させてもらいましたけど、こんな美味しい焼きおにぎりを食べたんは初めてです」

流のうしろに立って、こいしが三橋に笑顔を向けた。

「ますます愉しみです」

焼きおにぎりから目を離すことなく、三橋は生唾をごくりと呑みこんだ。

「そろそろ食べごろやと思います。わしらがおったら食べにくおすやろさかい、奥に引っ込んどきますわ。どうぞゆっくり召しあがってください。昔はもっと大きいに握ってはったと思いますけど、今日はちょっと小さめにしてます。まだまだ用意してありますんで、お代わりが要るようやったら声掛けてください」

コンロの火を消し、焼きおにぎりを皿に戻して、流が厨房に戻っていくと、こいしが一礼してからあとに続いた。

すぐにでも手を伸ばしたい気持ちだったが、少し間を置いて、ふたりの気配が消えてから、おもむろに箸を手に取った。

「いや、やっぱり手づかみのほうがいいな」

ひとりごちて三橋は箸を置き、手づかみで焼きおにぎりを口に入れた。焼きたての焼きおにぎりは、舌を焼いてしまいそうなほどに熱々で、口をすぼめた三橋は、空気を吸い込んで冷ましながら味をたしかめている。

ひと噛《か》みして、歯形の跡をたしかめ、焼きおにぎりの角度を変え、また口に入れる。三度ほどそれを繰り返すと、焼きおにぎりは小さなかたまりになった。

いとおしむように、それを手のひらのくぼみに載せ、またひとりごちた。

「火傷《やけど》するから気を付けなさい、って石川さんはいつも言ってたけど、冷めるまで待つなんてできるわけがないんだよ。若いってことはそういうことだ。けがなんて何も恐れちゃいないから」

指にくっついた飯粒と一緒に残りを口に入れると、三橋は満足そうにうなずいてから、ふたつ目の焼きおにぎりに手を伸ばした。

「夜食にと言って、石川さんはいつも三つ焼いてくれた。ふたつ目を食べるときは、あともうひとつしかない、と思ってだいじに食べたものだ。それがどうだ。今ではふたつも食べればお腹がいっぱいになる。歳は取りたくないものだ。ねえ石川さん」

半分ほど残った焼きおにぎりを手にし、じっと見つめていた三橋の頬をひと筋の涙が伝った。

傍らに置いてあったおしぼりを広げて、三橋はそっと両目に当てた。親の財布からくすねたくらいのことだ。当時はそう思っていた。思おうとしていたのかもしれない。あのころには無いに等しかった罪の意識が、歳を重ねるごとに重くのしかかってきた。ついには自分の胸の裡《うち》だけにおさめることができず、妻にも話してしまった。その結果がこうして赤の他人にまで話すこととなった。告白したことが免罪符にはならないのはよくよく承知しているが、気持ちが楽になったことは間違いない。

空の皿をぼんやり眺めていると、流が厨房から出てきた。

「どないです？　おんなじ味でしたか？　それとも的が外れてましたやろか？」

「そんなことを考える余裕もありませんでした。おんなじ味、というより、同じものだと思って食べてしまいました」

三橋は正直に答えた。

食べる前には、同じ味がするかどうかをたしかめようと思っていたのだが、ひと口食べたときにはすでにそんなことはすっかり忘れ去っていたのだ。

「よろしおした。ホッとしましたわ」

流が口元をゆるめたのを合図とするように、こいしが小走りで厨房から出てきて横に並んだ。

「よかったなぁ、お父ちゃん」

　ふたりの笑顔を見て、また三橋の涙腺がゆるんだ。

「ありがとうございます。さぞやご苦労をお掛けしたんでしょうな。感謝の言葉しかありません」

「確証はありまへんでしたさかい、どきどきしとりました」

「よっぽど心配やったんやとみえて、昨日は夜中になんべんも目ぇ覚ましてはりました」

「こいし、余計なこと言わんでええ」

　流が怒ってみせたが、目は笑っている。

「捜しだしていただいたお話を聞かせていただけますか」

「失礼して座らせてもらいます」

　テーブルをはさんで三橋と向かい合って流が腰かけると、こいしは少し離れてパイプ椅子に座った。

「この前お越しいただいて、こいしにお話しになったことが、ええヒントになりました。まずは石川さんっちゅうかたを捜しださんと」

流がファイルケースをテーブルに置いて、地図を取りだした。

「当時の下宿は今も空地で、コインパーキングになってました。ご近所はすっかり入れ替わったみたいで、石川さんのことはどなたもご存じありませんでした。しかたなしに〈黒谷さん〉を訪ねてみたんですわ。そしたら塔頭《たっちゅう》の和尚さんが、当時のことを覚えておられましてな、わしの思うてたとおり、石川さんは京都のかたではないと断言しはったんですわ」

「違ったんですか？　でもたしか言葉が……」

納得できないといったふうに、三橋が二、三度首を横に振った。

「三橋さんが覚えてはった、石川さんの言葉遣いは、うちも妙やなぁと思うてたんです。京都の人は、〈何をしはんのや〉と違うて〈何してはるん？〉て言いますし、〈気ぃ付けて〉とはアクセントが違うて、〈気ぃ付けて〉て言いますねん。微妙やけど」

こいしが横から口をはさんだ。

「たしか、会津のひとがそういう言葉遣いをしはると思うて、うちの近所で〈会津屋旅館〉をやってはったお婆さんに訊いてみたんですわ。そしたら、会津の人がよう使う言葉やと教えてくれはって、確信を持ちました」

流が身を乗りだした。

「会津？　福島の？　そんなふうには見えませんでしたが。なぜ会津のかたが……」

三橋も同じように前のめりになった。

「そうや、〈黒谷さん〉と会津藩は深い関係にあったんやと、気が付きました。ダメもとで、もういっぺん〈黒谷さん〉を訪ねて、古い資料をいろいろ調べてもろたら、石川さんのおうちの辺りは当時〈黒谷さん〉の借地やったことが分かりましたんや。借地の契約書は、ほんまは見せられんけど、もう借地契約も終結しているし、事情が事情やさかい言うて、当時の石川さんの実家の住所を教えてくれはったんです。最初はうるさがってはったお寺さんも、だんだん興味を持ってくれはるようになって助かりました」

「お父ちゃんは絶対あきらめはらへんのです」

こいしが胸を張った。

「そうなったら、もう行くしかありまへんがな。お寺さんで教えてもろた住所だけを頼りに会津若松まで行ってきました」

流が会津若松市の地図を広げた。

「遠くまで足を運んでいただいたのですね。山陰の人間からすると、はるか遠くといった気がします」

三橋は地図に目を輝かせた。

「ここが有名な会津若松城で、ここがお寺さんから教えてもろた住所。城東町ていうとこですけど、残念ながらその番地には四階建てのマンションが建ってました。予想はしとったんですけど、ここでとん挫してしまいましてな」

流は、こいしが差しだした冷水を一気に飲みほして続ける。

「周りには団地もようけ建ってましてな、こら聞き込みしても無駄やろなと思うたんで、とりあえず一番近いビジネスホテルに泊まることにしました。『センターホテル』、ここですわ。ここに泊まって、近所の食堂か居酒屋行ったら、なんぞ分かるんと違うやろか。そう思いましてな、夕方になって歩いとったら、白壁造りっぽい、ちょっと気を引く居酒屋がありましたんや。ここですわ。『居酒屋きさく』。早い時間からようけお客さんが入ってまして、なかなか渋い造りのええ店でした」

「お父ちゃんはええお店見つけるのも得意ですねん」

こいしが横から言葉をはさんだ。

「京都みたいな鰻の寝床っぽい店で、カウンターに座って飲んでました。桜っちゅう馬刺しやら、モツ煮をアテにしてたんですが、ちょっと気になるメニューがあったんで、頼んでみました。それがこれです」

小鉢に入った煮物の料理写真を三橋に見せた。

「なんですか？　見たことのないものですが。鯖？　鯵《あじ》かな」

三橋が老眼鏡をかけて写真に目を近づけた。

「にしんの山椒《さんしょ》漬け。会津の郷土料理やそうです。これを食べてピンときましたんや」

「にしんが何か？」

「肝心なんはにしんやのうて、この煮汁。これを使うて焼きおにぎりにしてはったんやないかと思うたんです」

「つまり、さっきの焼きおにぎりは、この汁を使って味付けされたということですか？」

三橋の問いかけに、流は黙ってうなずいた。

「その居酒屋の大将がええ人やったみたいで、にしんの山椒漬けのレシピを教えてくれはって、それをお父ちゃんが再現しはったんが、これですねん」

こいしがガラスの小鉢をテーブルに置いた。

「よかったらつまんでみてください。ワインにもよう合うと思います」

流がほっこりとした笑顔を三橋に向けた。

「味は同じだったが、こんなに強い山椒の匂いはしなかったような」

三橋が小鉢に鼻を近づけた。

「この煮汁を濾《こ》してから、醤油、酒と一緒に煮詰めて寝かせると、ちょうどええ具合に山椒の匂いが抜けます。けど、ちょこっとは残ってるさかい、鰻の蒲焼を食べはったときに、この味を思いださはったんやと思います」

「なるほどそういうことだったのか」

にしんを食べて三橋が納得したように大きく首を縦に振った。

「会津では家庭でも、にしんの山椒漬けを作る習慣が今も残っているそうで、おそらく石川さんも漬けてはったんやないかと思います。ようけ山椒の若葉を入れるとこやら、子どもさんの多い家庭は山椒を少なめにしたり、家々によって味が違うそうです」

「いやいや、感服いたしました。こういう言い方は失礼かと思いますが、きっと無理だろうと思っていましたから。まさか会津まで行って捜してきてくださるとは。本当にありがとうございました」

三橋が小鉢のにしんに目を落とした。

「これでお気持ちが軽ぅなりましたやろか」

「え、ええ。家内にも報告いたします。それではお支払いのほうを。いかほどになりますか？」

三橋がバッグから財布を取りだした。

「うちは特に金額を決めてません。お気持ちに見合うだけをこちらに振り込んでください」

こいしが振込先を記したメモ用紙を三橋に渡した。

「承知しました」

メモ用紙を財布にはさみ込んで、三橋がジャケットを羽織った。

「奥さんに作ってもらわはるときのためにと思うて、袋詰めのにしんの山椒漬けを土産に買うてきました。『会津高砂屋』っちゅう店のもんです。もし一から作らはるんやったら、このレシピどおりにしてください。身欠きにしんと、醬油と酢と味醂、酒、山椒の葉の刻んだもんがあったら簡単にできます」

流がメモを手渡した。

「何から何までありがとうございます」

三橋はメモを受け取って、無造作にジャケットのポケットに放りこんだ。

「どうぞお気を付けて」

こいしの声に送られて、三橋が正面通を西に向かった。

「三橋さん」

流がその背中に声を掛けると、足がぴたりと止まった。

「なんぞ忘れもんしてはりまへんか？」

「忘れもの、ですか」

三橋がバッグのジッパーを開けた。

「ほんまに捜してはったもんをお忘れになってまへんか」

流が二歩、三歩と三橋に向かって歩み寄った。

「……」

三橋は無言で流の目を真っすぐに見た。

「写真も一緒に入れときます」

流が白い角封筒を三橋に手渡した。

足元にボストンバッグを置き、あわてて封筒の中身をたしかめた三橋は、封筒を捧《ささ》げ持って深々と一礼した。

「ご安全に」

三橋の姿が見えなくなるまで見送って、ふたりは店に戻った。

「あの封筒に何が入ってんの？」

店に入るなり、こいしが詰問するように訊いた。

「石川さんのお墓の写真と『龍沢寺《りゅうたくじ》』の住所を書いた地図や」

テーブルの片づけをしながら流が答えた。

「石川さんのお墓の話、なんでうちに内緒にしてたん？　どうやって見つけたん？」

追いかけるように、こいしが立て続けに訊いた。

「別に内緒にしてたわけやない。居酒屋で隣り合うたお客さんが、偶然石川さんの親戚の人やったんや。わしが京都から来たと聞いて、向こうから石川さんの話を持ちださはった。三橋さんの強い気持ちが石川さんの霊に乗り移って、引き合わせてくれはったんやろ」

流が厨房に入っていくと、こいしはくっつくように追いかけた。

「なんで、三橋さんが石川さんのお墓を捜してはると思うたん？」

「なんで、て、懺悔の気持ちを表すにはお墓参りするしかないやろ。たぶん三橋さんは、石川さんのお墓をさんざん捜さはったと思う。けど、石川さんが京都人やて思いこんではったから的外れに終わったんや。それで焼きおにぎりを捜す名分でうちに頼んできはった。石川さんに辿り着かんことには、その焼きおにぎりは見つからへんさかいな」

「そうかぁ、そういうことやったんか。やっぱり頭のええ人は考えることが違うな。うちにはそんなこと思いもつかへんかったわ」

「わしは罪を犯した人間と、さんざん向き合うてきたさかいな」

「けど、ほんまにようそんなうまいこと、石川さんの親戚の人と出会《でお》うたなぁ。偶然にしてもでき過ぎやんか」

「偶然やない。三橋さんの深い懺悔の気持ちと、それを許そうと思うてはる石川さんの霊が引っ張ってきはったんや」

流が仏壇の前に座り、掬子の写真に手を合わせた。

「気になってたんやけど、石川さんは三橋さんがお札をくすねたことに気付いてはったんやろか」

「気付かんはずがないと思う」

流が線香に火を点《つ》けた。

「なんでとがめはらへんかったんやろ」

「確証もないし、三橋さんがそんな悪い人やないと思うてはったやろし。お金に困ってることも分かってはったしな。ええ気はせんかったやろけど」

「霊になったら、やさしいなって、人を許そうと思わはるねんな。お母ちゃんもお父ちゃんのこと許したげてな」

こいしが手を合わせて目をつぶった。

「掬子は生きてるうちにぜんぶ許してくれよった。ええやつやった」

「ええ人と違うてええから、もっと長生きしてほしかったわ」

線香の煙のなかの掬子がかすかに微笑んだ。

第三話　じゃがたま

1

東海道新幹線のぞみ号のドアが開くと、ステップに杖《つえ》をついて、桐野尭男《きりのたかお》は慎重にホームに降り立った。

想像以上に京都の空気は冷たい。柱の陰に身を寄せた桐野は、タータンチェックのマフラーを締めなおし、フラノのコートの襟を閉じた。

用心のために杖を持ってはいるものの、ふつうに歩く分には要らない。むしろ邪魔になるくらいなのだが、坂道を歩くときや、階段の昇り降りなどには、無いと不安になる。

小さな黒いキャリーバッグの取っ手に杖を掛け、桐野はコンコースをゆっくり歩いて改札口に向かった。

「この地図の場所に行きたいのだが」

改札口の右端に立つ女性駅員に訊《き》いた。

「ここが東本願寺さんていうことは、ここが烏丸《からすま》通で、こっちが七条通。これは正面通になるんかなぁ」

手描きの地図の向きを何度も変えながら、女性駅員はひとりごちている。

「ここから出てどう行けばいいかだけ教えてくれればいい」

もどかしさを覚えた桐野は、ぶっきらぼうに言葉を掛けた。

「ここまでやったら、ちょっと歩かんとあきませんけど、どないしはります？　タクシーで行かはるんやったら、一階へ降りてもろてタクシー乗場に行ってもらわんとあきませんし、歩いて行かはるんやったら、東乗換口を出てもろて、地下へ降りて、真っすぐ北のほうへ歩いてもろたほうがええと思います」

杖を横目で見て、女性駅員がていねいに答えた。

「ありがとう。じゃ、タクシーで行くよ」

桐野は八条口のタクシー乗場へ向かった。

いかに観光都市京都であっても、真冬の平日となると駅のなかも閑散としている。キャリーバッグの音を立てながら、がらんとした通路をしばらく歩くとタクシー乗場が見えてきたが、客は並んでおらず、タクシーだけが長い列を作っているようだ。

「この地図のところまでお願いします」

タクシーに乗りこんで、桐野が年輩の運転手に地図を見せた。

「本願寺はんの前の通りっちゅうことは正面通やなぁ。西行きの一方通行やさかい、間之町《あいのまち》通から行こか」

眼鏡を額にあげた運転手は、桐野に地図を返してからサイドブレーキを外した。

「近いところで悪いね」

桐野はコートの内ポケットに地図をしまった。

「それはかましまへんけど、地図に描いてた食堂てなもん、あの辺にはありまへんで。三年ほど前まではありましたけどな」

運転手はルームミラーを通して、桐野と目を合わせた。

「食堂には見えない店構えらしいから大丈夫だと思う。秘密の食堂ってとこかな」

桐野はまだ見ぬ『鴨川食堂』を頭のなかで描いていた。

「地図やとこの辺りになりますねんけど」

スピードをゆるめて、運転手が通りの両側を見わたしている。

「じゃ、ここで停《と》めてください。あとは自分で捜しますから。お釣りはいいです」

そう言って桐野は運転手に千円札を渡した。

「おおきに。ほな遠慮のう」

後部座席のドアを開けて、運転手が満面の笑顔で桐野を見送った。

「さてと。自分で捜すと言ったものの、食堂らしき店はどこにもないな」

小さなキャリーバッグを引きながら、桐野は正面通の両側を順に見て歩いた。

――道に迷ったら、立ちどまって誰かに訊《たず》ねるのが一番だ――

桐野は自分が書いた小説の一節を思いだした。

「すみません。この辺りに『鴨川食堂』というお店はありませんか」

同年輩とおぼしき和服姿の女性に訊いた。

「五軒ほど先の左側にありますよ。看板もありませんけど、引き戸を開けてお入りになれば大丈夫です。お食事ですか？」

巾着袋を手にした女性が前方を指さした。

「いえ。探偵さんに頼みごとがありましてね」

「食をお捜しになっているんですね。うまくみつかることをお祈りしております」

一礼して女性は背中を向けた。

「失礼なことをお訊きしますが、『鴨川食堂』にはよく行かれるのですか？」

「ええ。お昼は毎日のように。あなたは初めてでらっしゃるんでしょ。どちらからいらしたの……。ひょっとして桐野先生じゃありません？」

女性が身体《からだ》の向きを変えながら答えた。

「桐野ですが、どこかでお会いしましたかな。もしや市岡妙《いちおかたえ》……」

「よく覚えていてくださいました。来栖《くるす》に嫁ぎましたので来栖妙ですが」

「え？　来栖くんと結婚したのかね」

「もう亡くなりましたが」

「そうでしたか。それにしても懐かしい。こんな偶然があるものなんだね」

「先生もお元気そうで。いつもご活躍は拝見しておりますし、ご著書はぜんぶ買わせていただいておりますよ」

「まさか市岡、いや来栖妙が『鴨川食堂』の常連だったとは」

「それはわたしのせりふですよ。まさか桐野先生が食を捜しにいらっしゃるとは」

巾着袋を胸に抱いて、妙が目を輝かせた。

古典文学のサークルで二年後輩だった妙は、当時マドンナ的な存在だったが、今でも桐野の目にはまぶしく映る。

「何十年ぶりだろうね。来栖さんはいつ横浜から京都に来たの？」

「来栖が亡くなってからですから、京都に移り住んだのは十年ほど前です。それより、昔のように妙と呼んでください」

「妙なんて呼び捨てにしてましたっけ」

「鴨川さんとは時間のお約束とかなさってます？」

頬を淡く染めて、妙が話の向きを変えた。

「いいえ。まったく。連絡もしておりませんので不安なのですが」

「ではご案内いたします。ついさっき食事を終えたばかりですから、まだいらっしゃると思いますよ」

妙が桐野の背中に手を添えた。

「たすかります。昔から人見知りするものだから、ひとりだと心細くて」

キャリーバッグを後ろ手にして、桐野がゆっくりと歩きだした。

「たしかお住まいは東京でしたね」

「柄にもなく高層マンション住まいなんだ」

「おみ足の具合が悪いんですか」

妙が心配そうな顔で杖に目を遣《や》った。

「たいしたことはないんだが、無いと不安でね。女房を亡くしてから何もかも不安だらけで」

「新聞で拝見しました。あの文学賞を受賞される直前だったんですってね」

「生きていればどんなに喜んでくれたかと思うと悔しくてね」

「ヘンな言い方になりますけど、奥さまが亡くなられてからのご活躍は目ざましいものがありますね」

「人からよく言われるし、わたしもそう思うことがよくあるんだ。いけにえになってくれたような」

「受賞作を読ませていただいたときに、わたしもそんなふうに思ってしまいました。奥さまのご苦労が作品に深みを与えているような、なんてえらそうなことを言えるほどの読み手ではないのですが」

「いやいや、あのころから妙は一流の読み手だったから、的を射ていると思うよ。もっとも書くほうはまるでダメだったけどな」

「先生の正直なおっしゃりかたも、ちっとも変わってませんわね」

妙が桐野の肩を軽くたたいた。

「その、先生ってのはやめてくれないか。わたしも昔のように尭男さんて呼んでくれよ」

「尭男さん、こちらが『鴨川食堂』ですよ。どうぞお入りくださいましな」

妙が芝居じみた口調で引き戸を開け、桐野は苦笑いしながら敷居をまたいだ。

「いらっしゃい。あれ？　妙さん、忘れもんですか？」

「こいしちゃん、お客さまをお連れしたわよ。食を捜してらっしゃるんだって。桐野尭男さん。あなたは知らないかもしれないけど、有名な作家さんなのよ」

桐野が会釈した。

「どうぞお掛けください」

頭を下げながら、鴨川こいしがテーブル席へふたりを招いた。

「桐野はんて、あの桐野はんか？」

鴨川流が暖簾《のれん》をかき分けて厨房《ちゅうぼう》から飛びだしてきた。

「桐野です。突然お邪魔して申しわけありません」

桐野が中腰になって頭を下げた。

「本物の桐野はんや。おこしやす。鴨川流です」

和帽子を取って、流が深く腰を折った。

グレーのカーディガン姿になった桐野は、脱いだコートの置き場所を目で捜している。

「やっぱり流さんはご存じでしたね」

コートを掛けて、妙が桐野の隣に座った。

「ご存じも何も、前から桐野尭男の大ファンやがな。作品はみな読んどる。特に受賞作は何べん読んだか分からんぐらいや。あの寺が薩摩《さつま》病院と呼ばれとったころのくだりなんかは、涙なしでは読めん。ほんまに妙さんのお知り合いやったんですか」

流が目を丸くした。

「半世紀ぶりにお会いしましたのよ」

「偶然会わはったんですか」

こいしが茶を淹《い》れた。

「『鴨川食堂』を捜していて、道を訊ねたらそれが偶然妙だったんだよ」

桐野が相好を崩した。

「美食家としても名高い桐野はんにお出しできるようなもんやおへんけど、よかったらなんぞお作りしまひょか。さいぜん妙さんに食べてもろた縁高《ふちだか》とおんなじでよかったら、すぐにできますすけど」

流がおそるおそるといったふうに訊いた。

「願ってもないことです。是非お願いします」

桐野が言葉に力をこめた。

「桐野はんに食べてもらうやなんて、思うてもいまへんでしたさかい、えらい緊張しますわ」

「さっきの縁高のお料理でしたら大丈夫。わたしが太鼓判押します。それにね、今でこそ美食家だなんて言われてますけど、若いころはカレーライスにソースをじゃぶじゃぶ掛けたり、味が薄いと言って焼飯にお醬油《しょうゆ》を掛けたりしてらしたんですから」

「妙の言うとおりです。生まれが東北なところにもってきて、貧乏暮らしが長かったものですから。賞をいただいてからですよ。真っ当な食事をできるようになったのは」

「余計なことを言ってごめんなさいね。でもわたしは好きでしたよ、あのころの尭男さんの食べっぷり。男はこうでなくちゃ、って感じでしたから」

「とにかく食べてもらわんことには話にならん。すぐにご用意しますわ」

和帽子をかぶって、流が厨房に入っていった。

「じゃ、わたしはこれで失礼します。お会いできて嬉《うれ》しゅうございました」

妙が立ちあがると、桐野はあわてて茶を飲みほした。

「もう帰っちゃうのかい。よかったらもう少し付き合ってくれよ」

「だいじなお話もあるのですから遠慮しておきます。またきっとお会いできると思いますよ。尭男さんの連絡先をこいしちゃんに伝えておいてください。わたしのほうも、こいしちゃんに訊いてくだされば分かりますから」

「残念だが、あなたもご都合があるだろうから」

渋々といった顔つきで立ちあがった桐野が、店を出てゆく妙の背中を見送った。

「お飲みもんはどないしはります？　さぶいさかいに熱燗《あつかん》でもお出ししましょか」

間を置かずこいしが訊いた。

「いいねぇ。って言っても下戸に近いから、ほんの少し、なめる程度でいいですから」

「ほな一合徳利《どっくり》をお持ちしますわ」

小走りになったこいしが、厨房との境に掛かる暖簾をくぐった。

石油ストーブの匂いがかすかに漂う店のなかを、桐野はあらためて見まわした。

生まれ故郷の盛岡にも、学生時代を過ごした横浜にも、こんな食堂はいくらもあった。だが、いつもぎりぎりの暮らしをしていたこともあって、どこの店でも、安くて腹のふくれるメニューばかりを頼んでいた。

横浜時代の唯一の例外ともいえる贅沢《ぜいたく》な食事は、サークル仲間との食事会だった。日程が決まると、その日に向けて貯金をし、更なる貧乏暮らしを続けた。白飯に醤油やソースだけを掛けて食べるのは日常茶飯のことで、米が足りなくなると、出がらしの茶で茶粥《ちゃがゆ》にして、塩を掛けて食べた。

所帯を持ってからも、暮らし向きはたいして変わることはなかった。売れない小説を書き続けているあいだは、妻の美根子《みねこ》のパート収入に頼りきりだった。たまに馴染《なじ》みの編集者から依頼され、文芸誌に寄稿したあとに原稿料が入金されると、美根子と連れだって、近所の食堂に出かけるのが唯一のご馳走《ちそう》だった。その食堂によく似た作りの店だ。

「お待たせしましたな。大徳寺《だいとくじ》縁高てな、たいそうなこと言うとりますが、弁当みたいなもんです」

厨房から出てきた流は、桐野の前に春慶《しゅんけい》塗の器を置いた。

「茶道にはうといのだが、茶席で出されたことがあるような」

桐野が左右から器を眺めた。

「妙さんのお好みに合わせた料理を盛りこんでおります。鰆《さわら》の幽庵《ゆうあん》焼、出汁《だし》巻き玉子、利休麩《りきゅうふ》と椎茸《しいたけ》の白和《しらあ》え、蒸しハマグリ、鹿肉の竜田揚げ、蛸《たこ》の桜煮、車海老《くるまえび》の殻焼、細魚《さより》の昆布〆《こぶじめ》、鰻《うなぎ》の八幡巻《やわたまき》と、物相《もっそう》ご飯は鯛飯《たいめし》になっとります。どうぞごゆっくりお召しあがりください」

緊張した面持ちのまま一礼して、流が厨房に戻っていくと、入れ替わりにこいしが桐野の傍《そば》に立った。

「姫路《ひめじ》の『八重垣《やえがき》』です。ちょっと熱いめに燗付けてます。あとでお椀《わん》をお出ししますよって、声を掛けてください」

九谷焼の徳利と杯《さかずき》を置いて、こいしが流と同じような仕草をした。

桐野は徳利から酒を注《つ》ぎ、杯で口を湿してから箸を取った。

最初に箸を付けた細魚の昆布〆には、細切りにした塩昆布とワサビが載せてあり、そのまま口に放りこむと、上品な香りが鼻に抜けていった。

幽庵焼はたしか柚子《ゆず》風味のポン酢に漬けて焼いたものだったと記憶する。串を打って焼いた跡が残っている切り身を、箸で半分に割り、小さいほうを口に入れた。これもまた細魚と同じように上品な後味が残る。

ご馳走とはこういうもののことを言うのだと知ったのは、ごく最近のことだ。文学賞を受賞したあと、あちこちから声が掛かり、贅沢極まりない会食漬けの日々を送った。

世の中にはこんなに旨《うま》いものが溢《あふ》れているのか。驚きの連続だった。

フカヒレだ、キャビアだ、フォアグラだ、トリュフだと、生まれて初めて食べる高級食材も、二度三度と重なると感激も薄れてしまい、もっと旨いものはないのか、と果てしない欲望が生まれてくる。

そんな日々をつづった小説が売れるのだから、世の中は不思議に満ちている。

桐野は鯛飯を口に入れ、蒸しハマグリ、鹿肉の竜田揚げと、速いペースで食べ進み、小半時《こはんとき》と経《た》たずに縁高はほとんど空になった。

「もっと早《はよ》ぅにお持ちしたらよかったですな。寒い時季でっさかいに粕汁《かすじる》にしました。鮭《さけ》の身ぃをほぐしたんと、お揚げさん、大根と人参《にんじん》が入っとります。お好みで七味を振ってください」

黒い合鹿椀《ごうろく》を桐野の前に置いて、流が小さな竹筒をその横に添えた。

「昔からの早飯のクセはなかなか抜けんもんですな。酒を飲むようになって、少しはゆっくりになったと思うんですが」

「ゆっくり召しあがっていただいて、落ち着かはったら声を掛けてください。こいしが奥で待っとりますんで」

「美味《おい》しい料理に夢中になってしまって、肝心のことをうっかり忘れるところでした。すぐにいただきますから」

合鹿椀を左手に持ち、桐野は急いで粕汁をかきこんだ。

「そない急いでもらわんでもええんでっせ。なんぼでも待ってまっさかい」

桐野の食べっぷりを見て、流が苦笑いした。

「自分が待つのがきらいなものだから、人を待たせるのも好きじゃないんだ」

箸を置いて桐野が立ちあがった。

「急《せ》かしたみたいになってしもて、すんませんでしたなぁ」

探偵事務所へと続く廊下を歩く流が振り向いて会釈した。

「この料理はぜんぶ鴨川さんがお作りになったものですか」

立ちどまって桐野が廊下にびっしり貼られた写真を見つめた。

「覚え書きみたいなもんですわ。レシピっちゅうもんを作りまへんさかい、どんな料理を作ったか、すぐに忘れてしまいますねん」

「それにしても幅が広いですな。和洋中なんでもござれ、といったところですか」

桐野が写真に目を近づけた。

「器用貧乏ていうやつです。見よう見まねでたいていの料理は作れるんでっけど、これっちゅう得意料理もありまへん」

「あなたの隣で蕎麦《そば》をたぐっておられるのは奥さんですか？」

「そうです。信州で食べた蕎麦の香りが弱いと言うとるとこですわ。口達者なやつでしたわ」

写真に近づいて、流が目を細めた。

「でした、とおっしゃるのは……」

「この写真を撮った二年後くらいでしたかなぁ。病気で亡くなりました」

「そうでしたか。あなたもおなじ男やもめだったんですな」

「桐野先生の奥さんは、たしか受賞なさる直前に……」

「こうして写真を残しておられるのはえらいですな。旅行なんか連れて行ったこともありませんし、ふたりで外食する機会もほとんどなかった」

桐野が声をつまらせた。

「後悔しだしたら、キリがありまへんわ」

流が歩を進めた。

離れて歩くふたりのあいだに重い空気が横たわる。

それぞれの胸に去来するものは違っても、それらを受けとめる気持ちは同じなのだろう。ふたりの乾いた足音だけが細長い廊下にひびく。

「あとはこいしにまかせますんで」

突き当たりにあるドアをノックして、流は廊下を戻りはじめた。

「どうぞお入りください」

ドアを開けて、こいしが桐野を招き入れた。

「京都の〈鰻の寝床〉というのはこういうことを言うんだね。外観からは想像もできないほど奥が深い」

ロングソファに腰かけて、桐野は興味深げに部屋のなかを見まわした。

「この辺のおうちはたいていこんな感じなんですよ。早速ですけどこちらに記入してもらえますか？」

こいしがローテーブルにバインダーを置いた。

「分かりました。うそ偽りなく」

桐野が申込書にペンを走らせた。

「お茶でよろしいか？　それかコーヒーにしはります？」

「あたたかいお茶をいただきます」

書き終えて桐野がバインダーをローテーブルに戻した。

「桐野尭男さん。本名なんですね。東京都新宿区でおひとり暮らし。お仕事は作家さん。で、どんな食をお捜しなんですか？」

こいしがノートを広げた。

「うちでは〈じゃがたま〉と呼んでいたのだが、ジャガイモとタマネギを炒《いた》めて玉子でとじたシンプルな料理なんだ」

「ほんまにシンプルですね。お店やのうて、おうちで食べてはったんですか」

「女房の得意料理だったんだ。得意というのも少し違うかな。金がないときの苦肉の策というか、安くてボリュームがあって、簡単に作れる料理」

桐野が口元をゆるめた。

「奥さんが生きてはったら捜す必要はないんですよね」

こいしの問いかけに桐野は黙ってうなずいた。

「どんな味が付いてたんです？」

「料理自体には味は付いていなかったように思う。ソースをたっぷり掛けて食べるんだよ。これがまたご飯によく合うんだ」

「ジャガイモとタマネギはどんなふうに切ってあるんですか？」

「薄切りというのかね。五ミリぐらいの厚さに切ったジャガイモと、タマネギはどうだったかなぁ。適当に切ってあったような気がする」

「オムレツとは違うんですね」

「オムレツって感じじゃなかったな。玉子料理じゃなくて、主役はあくまでジャガイモとタマネギなんだよ」

「なんとなく想像できるような、できひんような」

こいしがノートにイラストを描いた。

「ちょっと違うなぁ」

向かいから覗《のぞ》き込《こ》んで桐野が首をかしげた。

「違いますか」

こいしがイラストにバツじるしを描きたした。

「ジャガイモはこんなふうな切り方がしてあって、タマネギはそうだなぁ、こんな感じかな。で、玉子はそんなに目立たない」

桐野が自らペンを取ってイラストを描きつけた。

「これに上からソースを掛けて、ご飯のおかずにするんですか。たしかに美味しそうやなぁ」

桐野のイラストを見ながら、こいしが描きなおした。

「そうそう。だんだん近づいてきた。こんな感じだったなぁ。一度醤油を掛けてみたことがあったんだが、まったくダメだったね。これはソースじゃないと美味しくないんだよ」

桐野が生つばを呑《の》んだ。

「たしかに材料費も安いし、簡単にすぐできて、ご飯にもよう合いそうやわ。奥さんがご自分で考えはった料理なんやろか」

「女房は生まれも育ちも福島だったから、あっちの郷土料理か何かかと思って調べてみたことがあるのだが、見つからなかった。おそらくは自分で考えついたんだろうと思う。苦しい家計をやりくりするための苦肉の策だったんじゃないかな」

「野菜がようけ採れる福島やったらありそうやけど、違《ちご》うたんですか。まぁ、ジャガイモとタマネギと玉子ていうたら、たいていの家にはいつでもあるし、誰でも思いつく簡単な料理やとも思いますけどね」

自分で描いたイラストを見ながら、こいしが腕組みをした。

「捜してもらえそうですか？」

桐野が上目遣いでこいしの顔を覗き込んだ。

「シンプル過ぎて難しいような気もしますけど、お父ちゃんやったら捜してきはると思います」

「あれほど素晴らしい料理をお作りになるのですからね」

桐野がホッとしたように、ソファの背に深くもたれかかった。

「ところで、今になってこの料理を捜そうと思わはったんはなんでなんです？」

こいしがノートのページを繰った。

こいしの問いに、桐野は天井をあおぎ、長いため息をついた。

そのままの姿勢でじっと天井に目を遣っていた桐野は、ゆっくりと背中を起こし、こいしに語りかけた。

「今でこそ、そこそこ売れるようになって、食うことにはまったく不自由してないのだが、あの賞をいただくまでは、食うや食わずの時代がずっと続いていてね。いつかきっと売れっ子作家になって、旨いもんを好きなだけ食えるようになってやる。それがわたしの夢だったんだよ。いや、わたしだけじゃない。女房も同じ夢をみていたはずだ。だが、悔しいことに、わたしだけがその夢を叶《かな》えることができて、一番苦労を掛けた女房は夢を果たせなかった。本当に申しわけなくてね。だが、人間ってのは哀《かな》しいことに、だんだん記憶が薄れてゆくんだよ。女房にはすまないと思いながらも、毎日のように贅沢な食事を続けていてね、これまでの貧乏暮らしの分を取り戻すようにして、旨いもんを食べ歩いている。編集者のなかには、わたしに売れなかった時代があったことを知らない人もいるわけで、そういう人たちは、わたしが美食家だと思い込んでいる。だから銀座の鮨屋《すしや》だとか、京都の割烹《かっぽう》だとか、ときには香港《ホンコン》の中華の名店に誘ってくれるんだ。毎日のように贅沢な美食を続けていると、ふと昔が懐かしくなってきてね、初心に帰るっていうか、あのころのハングリーな自分に戻りたいと思うようになってきた。金がないときはないなりに、素食が旨いと思うときもあったんだ。それをたしかめたくなったんだよ」

一気に語って、桐野はまたソファに背中をあずけた。

「なるほど。よう分かりました。お父ちゃんにがんばってもろて、捜しだしてもらいます」

こいしがノートを閉じた。

「どうかよろしく頼む」

身体を起こして、桐野がローテーブルに両手をついた。

こいしが先を歩き、やや遅れて桐野が長い廊下を歩いてゆく。

幾度も立ちどまり写真に目を近づける桐野を、こいしはその度に振り向いて歩をゆるめる。

「お父さんがあれほど料理がじょうずだったら、お母さんはあまり料理をなさらなかったんじゃないですか?」

「そんなことなかったですよ。うちではお母ちゃんが料理作って、お父ちゃんは食べるほうでした。お味噌汁《みそしる》やとか、おうどんとかは絶対お母ちゃんのほうが美味しかった」

こいしが語気を強めた。

「そうでしたか。それは失礼しました。わたしは料理はもちろん、家事というものを一切やらない人間なので、夫婦のうちどちらか一方がやれば、もう片方は何もしないものだと思い込んでいました」
二、三歩歩いてまた桐野が写真の前で足をとめた。
「専業主婦いうのも大変みたいですけどね」

こいしが前を向いてゆっくりと歩きはじめた。

「うちの女房はパートに出て稼いでくれてましたから、専業主婦でもありませんでした。あのころのわたしはヒモのような存在だったと思います」

「ようできた奥さんやったんや。どこで出会わはったんです？」

「見合い結婚なんだよ。文学好きの女性でいい人だ、と言って叔母が奨《すす》めてくれて、会ってみたら息もぴったり合って、すぐに結婚を決めたんだ。生まれと育ちは福島の田舎のほうなんだが、京都の女子大で文学を学んだから、バランスも取れていて。わたしには過ぎた人だったよ」

「京都の大学に行ってはったんですか？」

振り向いて、こいしが高い声をあげた。

「見合いの席でその話を聞いて、それも決め手のひとつになったかな。田舎暮らしに京都のエッセンスが加われば言うことはない。一緒に暮らすようになって、実感したよ」

「たとえばどんなことですか？」

「京都で学生生活を送っているときに、茶道を習っていたそうなんだ。それがちゃんと身についていて、ちょっとした仕草やなんかが上品で」

「うちもお茶を習わんとあかんな」

こいしが舌を出して苦笑いした。

「あんじょうお聞きしたんか」

食堂に戻ると、流が待ちかまえていた。

「ばっちりやと思うけど、ちょっと難しいかもしれんなぁ」

「どっちやねん」

流がこいしの背中をはたいた。

「わたしの説明が頼りないものですから、お手をわずらわせるかと思いますが、なにとぞよろしくお願いいたします」

姿勢を正して、桐野がふたりに一礼した。

「今日はこれからどうされるんです？」

流が訊いた。

「せっかくだから京都で一泊して帰ります。都合が合うようなら妙と夕食にでも、と思っているのだが」

「きっとそうやないかと思うて、妙さんの携帯番号をメモしときました。たぶん妙さんも連絡を待ってはると思いますえ」

こいしがメモ用紙を手渡した。

「お気遣いいただいてありがとう。うまく時間が合えばいいのだが」

桐野がメモ用紙をていねいに折りたたんで、カーディガンのポケットに仕舞った。

「それにしてもびっくりしましたなぁ。妙さんと桐野先生がお知り合いやったなんて」

流が店の外に送りに出てきた。

「わたしもですよ。まさか妙とここで出会うとは」

「ご縁て不思議ですね」

桐野のねじれたマフラーを、こいしが巻き直した。

「そうそう。次はどうすればいいんだ?」

「だいたい二週間あったら捜しだせますんで、そのころに連絡させていただきます。お越しになれる日を言うていただいたら」

「うっかり忘れていた。今日の食事代をお払いしなきゃ」

桐野がコートの内ポケットを探った。

「探偵料と一緒にいただくことになってますんで」

「では次回に必ず」

会釈して、桐野が正面通を西に向かって歩きだした。

「お気を付けて」

その背中に声を掛けて、ふたりは店に戻った。

「先生は何を捜してはるんや」

急かすように流がこいしに訊いた。

「〈じゃがたま〉ていう家庭料理やねん。ジャガイモとタマネギを炒めて玉子でとじただけていうシンプルな料理やさかい、よけいに難しいかもしれんわ」

こいしがノートを開いて、桐野が描いたイラストを見せた。

「これはひょっとして桐野先生が描かはったんか?」

「そうやけど」

「今度サインしてもろとこ。お宝やで」

「そうかもしれんけど、なんや頼みにくいことない?」

「その〈じゃがたま〉たらいう料理を捜しだしたら記念にはなるわな」

流がノートをていねいに閉じた。

2

京都の寒さはよりいっそう厳しさを増していた。何より風が強い。

二週間前と同じ場所でタクシーを降りた桐野は、マフラーを顎まであげて、白い吐息を風に舞わせた。

えんじ色のジャケットにライトグレーのチノパン、ダウンコートはシルバーカラーと、前回より明るめのコーディネートにしたのは、妙との再会を想定してのことである。

桐野の心境は複雑だった。

亡くした妻への恋慕から、食を捜すことに至ったのだが、まさかそれが妙との再会につながろうなど、微塵《みじん》も予想していなかった。

桐野の胸のうちは、少しずつ美根子から妙へと重心が移っていっていた。

そもそもが贖罪《しょくざい》の意味合いが色濃かった食捜しである。苦労を掛けた妻は美食に辿《たど》り着くことなくこの世を去ってしまった。自分だけが脚光を浴び、美食漬けの日々を過ごしている。

妻は決して人を恨むような性格ではなかったが、それでもやはり後ろめたさはいつもつきまとう。

貧乏暮らしのころには考えられなかった美食を口にする度に、美根子にも食べさせてやりたかったと思うのは、うそ偽りない事実だ。しかしながら、免罪符を手に入れようとして食を捜すことにしたのもたしかだ。

家で食べるご飯のなかで、〈じゃがたま〉が一番のご馳走だったころは、はたしてしあわせだったのか。それをたしかめるのが一番の目的だったかもしれない。美根子はどうだったのか。そして自分は。その答えはおそらくこれから出るのだろう。

「おこしやすぅ、ようこそ」

『鴨川食堂』の引き戸を開けると、こいしが明るい声で桐野を迎えた。

「よう来てくれはりましたな。電話でもお話ししましたけど、違うてるかもしれまへん。そのときは堪忍しとぅくれやっしゃ」

厨房から出てきた流が和帽子を取って頭を下げた。

「とんでもない。無理を承知でお願いしたのですから」

コートを脱いで桐野がコート掛けに掛けた。

「すぐにご用意します」

緊張した面持ちで流が厨房に駆け込んでいった。

「妙さんからお聞きしましたけど、あの日はえらい盛り上がってはったみたいですね」

席に着いた桐野に、こいしが茶を出した。

「年甲斐《としがい》もなく、という表現が正しいのだろうね。学生時代に戻って、ふたりともえらくはしゃいでしまって。もう、これから先どれだけ生きられるか分からんのだから、ときにはこんな時間があってもいいかなと」

「ええんと違います？　妙さんもお顔つやつやで、若返ってはりましたよ。お飲みもんはどうしはります？」

「今日はお酒のほうは遠慮しておくよ。ちゃんと味わわないといけないからね」

桐野がジャケットのボタンをはずした。

「急須も置いときますよって」

テーブルに急須と湯呑《ゆのみ》を置いて、こいしが下がっていった。

正直なところ、さほど期待はしていなかった。

美根子の手料理のレシピなど残っているはずもなく、自慢できるような料理でもなかったから、誰かに伝えていたとも思えない。福島はもちろんのこと、地方でも似たような料理に出会ったことはまったくなかった。一度だけ料理番組で、同じ名前の〈じゃがたま〉という料理が紹介されていたが、肉じゃがの肉抜きのような料理で、美根子が作っていたものとは似て非なるものだった。

厨房から漂ってくる匂いにハッとした。あのときと同じなのだ。明らかにいつもとは違う匂いに鼻をひくつかせ、またその日が来たのだと思い知ることになる。美根子ひとりのパートの収入などたかが知れている。〈じゃがたま〉を食べるときは、何かしらの仕事をしようかと、いつも美根子に申し出ては断られていた。大作家になる人がみっともない真似《まね》はしてはいけない。いつも同じ言葉だった。

「お待たせしましたな。たぶん白ご飯と一緒に食べてはったやろと思いますんで、先にお持ちしました」

砥部《とべ》焼の飯茶碗《めしぢゃわん》にこんもりと盛られ、湯気が上がる白飯を、流が桐野の前に置いた。

「たしかにそうだったな。晩酌などする余裕もなかったから、必ずメシと一緒だった」

桐野が飯茶碗を手に取って、白飯の匂いを嗅いだ。

おそらくは米の質が違うのだろう。こんなにいい米ではなかった。桐野はそう言いたい気持ちを抑え込んだ。

「さあ、どうでっしゃろ。お捜しになってたんと同じ料理やと思いますんやが、違うてたら正直に言うてくださいや」

流が桐野の前に置いたのは、立杭《たちくい》焼の厚ぼったい丸皿だった。

「見た目はまったく同じです。そうそう、こんな感じでした。匂いもそっくりだ」

皿に覆いかぶさるようにして、桐野が料理をじっと見つめている。

「問題はソースですねん。この小さい瓶に入っとるのが、わしのお奨めっちゅうか、ほんまの味に近いもんですけど、奥さんが使《つこ》うてはったんは、おそらくこっちの大手メーカーのもんやと思います。両方置いときますさかいに、食べ比べてみてください」

「分かりました。うちでは卓上瓶に入ってましたから、どんなソースを使っていたのか知らないのですが、食べてみれば分かるかもしれません」

「これだけをじっくり味おうてもらいたいと思うて、あえて汁もんは用意しとりまへん。どうぞごゆっくり召しあがってください」

丸盆を小脇に抱えて、流が下がっていった。

ほんのりと湯気を上げている皿には、端っこに少し焦げ色が付いたタマネギが敷かれ、その上には五ミリほどの厚さに切られたジャガイモが無造作に並んでいる。そしてそれをまとめるように、薄焼き玉子が黄色く広がっている。

ふたつのソースを前にして一瞬迷った桐野だが、手にしたのは大手メーカーのものだった。

皿の上からソースを掛けまわし、すぐさま口に運んだ。

かすかに甘いタマネギと、外はカリッと中はほっくりとしたジャガイモにソースが染みこんで、白飯に載せて食べると、当時の記憶がまざまざとよみがえってくる。

家計費が乏しくなってきたことを知らせる料理だったが、それがあたかも行事食であるかのように、神妙な気持ちで食べていたのはなぜだったのだろう。収入が乏しいことを女房から責めたてられても仕方がないところだが、まるでそんなふうには感じなかった。

さほど量もおおくなかったから、ジャガイモにソースをつけ、それを白飯に塗って食べた記憶がある。白米は美根子の実家から送ってきていたようだったが、実家もけっして裕福ではなかったから、銘柄米でもなく、いくらか糠《ぬか》臭さが残る米だった。たっぷり食えるだけでもありがたいから、文句を言うことなどなかった。

売れない作家の甲斐性《かいしょう》のなさを実感しながらも、いつもこの〈じゃがたま〉に励まされていた。

——お代わりはいかがされますか？——

どこかから美根子の声が聞こえてきたような気がした。

残り少なくなった〈じゃがたま〉をおかずにして、二膳目を食べるときは、ソースを白飯に掛けたものだ。

——よかったらわたしの分もどうぞ。もうお腹《なか》いっぱいですから——

そう言って、美根子は自分の皿に残る〈じゃがたま〉を白飯の上に載せるのが常だった。

糟糠《そうこう》の妻という言葉が頭に浮かんだ。それは美根子そのものだという思いから、自分の作品では禁句としてきた。言葉だけでなく、そういう人物像そのものを避けてきたのは、私小説になってしまうことを恐れるあまりのことだ。

美根子は桐野が人気作家になることを確信していたのだろうか。それともあきらめの境地だったのだろうか。

今では量より質になってしまい、お代わりをするには至らないが、〈じゃがたま〉とはこんなに旨いものだったのか。貧しい食生活から美食を重ねる今になっても、類いまれなご馳走に思えてしまうのは、懐かしさというスパイスが効いているせいなのか。あるいは美根子への思いが素食を美食に変える魔法なのだろうか。

「どないです。お捜しになってた料理はこれで合《お》うてましたかいな」

丸盆を手にして、流が桐野の傍らに立った。

「合うどころか、美根子が作ってくれた〈じゃがたま〉そのものです。どんなマジックを使って捜しだされたのかお聞かせください」

「その前にお代わりはどないですか？　つまみながら話を聞いてもろたほうがええかなと思いますんやが」

流が空になった皿に目を遣った。

「それがいいですな。少しでけっこうです」

「ソースも一種類しかお使いになっとらんみたいやさかい、味見だけでもしてください」

空の皿を下げて、流が小皿に載せた〈じゃがたま〉をテーブルに置いた。

「少しでも安いものをと心がけていたようですから、きっと美根子が使っていたソースは大手メーカーの量産品だっただろうと思いましたが、やはりそうだったようです」

「わしもそう思うてご用意しておきました。食べ慣れた味が一番ですさかいにな。けど、まぁ、ちょっとこっちも掛けて食べてみてください」

「そんなにおっしゃるのなら」

桐野が小さな瓶に入ったソースを〈じゃがたま〉に掛けて口に運んだ。

「どないです?」

流は桐野の口元をじっと見ている。

「これはまた、どう表現すればいいのか。風味がころっと変わりますな」

桐野がしげしげと〈じゃがたま〉を見つめた。

「ソースによって、こないに味が変わるということを、ちょっと頭に入れといてください。先生の向かいに座らせてもろてもよろしいかいな」

「どうぞどうぞ。じっくりとお話を聞かせてください」

「ほな遠慮のう座らせてもろて。なんや緊張しますわ。憧れの作家先生と向かい合うて話させてもらうやなんて」

言いながら、流がタブレットのスイッチを入れた。

「どうぞお気楽に」

座りなおして、桐野が頬をゆるめた。

「最初は雲をつかむような話やと思うたんですが、奥さんがご自分で創作なさった料理やない、というとこからスタートしました」

「どうして女房の創作ではないと？」

「ジャガイモとタマネギと玉子という、単純極まりない取り合わせですわな。もしも素人が創作するんなら、調理法やら味付けに、いろんな工夫を凝らすんやないかと思うたんですわ。なんぼ家計が切迫しとっても、こんなシンプルな料理をいきなり出したら、主人に怒られるんやないか、食べてもらえんのやないかと思うはずです。現にこいしがそう言うとりました。自分やったら怖うてよう出さん、と。けど奥さんの美根子はんは、そない大胆な人やったようには思えん」

「たしかに。そう言われればそうですな」

　桐野が身体を乗りだした。

「わしでもそうです。どこぞで食うたことがなかったら、こんなん思いつきまへん。仮に思いついたとしても、人にはよう出しまへんわ。つまり美根子はんは、どこかの店でこういう料理を食べてはった。そう確信して捜しはじめたんですわ」

「非常に論理的です。わたしはそんなことを思いつかなかった。極めて情緒的な人間ですからな」

桐野が苦笑した。

「先生がおっしゃっていたように、美根子はんの故郷の福島には、それらしき料理は見つかりまへんでした。となると、大学生活を送ってはった京都しかない。そう決めこんで捜しましたんやが、だいぶ前に新聞で読んだ先生のインタビュー記事が、ええヒントになりました」

「わたしのインタビューですか。ずいぶんあちこちでしゃべりましたから、どれがヒントになったのか見当もつきません」

「今は先生、えらい便利な時代になりましてな。アーカイブっちゅうもんやと、古い記事も読めますんや。これですわ。受賞された直後の記事です。ここに書いてますやろ。あの小説のクライマックス、薩摩病院のくだりは、奥さんの美根子はんからお聞きになった逸話がきっかけになったて」

流がタブレットの画面を桐野に向けた。

「これなら覚えてますよ。経済新聞の編集員さんから頼まれましてね。たしか賞をいただいて最初のインタビュー記事じゃなかったかな」

桐野が画面をスワイプした。

「このなかで先生は、奥さんに助けられたて言うてはる。鳥羽伏見《とばふしみ》の戦いで、薩摩藩士にようけのケガ人が出た。薩摩藩とゆかりがあった『相国寺《しょうこくじ》』の塔頭《たっちゅう》『養源院《ようげんいん》』は薩摩病院と呼ばれるほど、お医者はんが集まって治療をした。あの話が小説に厚みを増すのに役立った。そう言うてはります。あのエピソードの舞台は、同志社のすぐ近くや。ひょっとしたら、奥さんは同志社の学生はんやったんやないかと思うて、調べさせてもろたら、やっぱりそうやった。同女で英文学を勉強してはったんですな。となると奥さんは烏丸今出川《いまでがわ》近辺に馴染みがあったはずや。そこまで辿れたらあとは捜してはった料理に一直線ですわ。ただし〈じゃがたま〉やのうて〈いもねぎ〉ですけどな」

流が店の写真を画面に映し出した。

「〈いもねぎ〉？　これが？」

写真を見て桐野が眉をひそめた。

「これは烏丸今出川近くにあった『わびすけ茶房』という店の名物料理で〈いもねぎ〉て言いますねん。ジャガイモとタマネギを〈じゃがたま〉と言うか〈いもねぎ〉と言うかの違いですわな。おそらく奥さんの美根子はんはこれをヒントにして〈じゃがたま〉を思いつかはったんやと思います。お店の〈いもねぎ〉はミンチも載っとるし、味も付いとる。何より玉子をたっぷり使うてますさかい、見た目が黄色い。見た目も味も違うさかい、同じ名前を使うのは遠慮なさったんでしょう。けど基本的には〈いもねぎ〉と同じような作り方です。ミンチを使わんと、玉子も少なめ、味付けも軽ぅ塩しただけです。言うてみたら〈いもねぎ〉の簡易版っちゅうとこですわ」

何枚かの写真をタブレットに映しだしながら流が説明を加えた。

「五、六年前に『相国寺』に取材に行ったのだが、こんな店には気付かなかったな」

「百年ほども続いとった店ですけど、二〇一一年の六月に店じまいしはりましたんや」

「京都のお店の名物料理だったのか。道理で旨いはずだ」

桐野が薄く笑った。

「京都の店の料理やさかい旨い、っちゅうのは、ちょっと違うと思います。現にこの店の口コミは、閉店して何年も経った今でもグルメサイトにようけ残っとりますけど、さんざんな書かれようですわ。こんなもん料理のうちに入らん、やとか、なんの工夫もない、やとか。美味しいて書いとる口コミはほとんどありまへん。けど、きっと美根子はんは美味しいと思わはった。それを覚えてはって、アレンジして再現しはった。家計に負担の掛からん金額でできるご馳走やと。せやさかいこれは、やっぱり美根子はんの創作料理ですわ」

「ほかにもいくつか得意料理があったみたいだが、なぜかわたしの記憶に残っているのはこの〈じゃがたま〉でね。それがどうにも不思議だったのだが、少しだけ分かったような気がする」

桐野が〈じゃがたま〉を口にした。

「誰がどう言おうと、自分が旨いと思うたもんは旨い。小説も一緒ですわなぁ。自分がおもしろいと思うた小説は、どんな書評が出とっても読む」

「そう言えば受賞するまでは、わたしの作品に対するレビューはひどかったな。できるだけ気にしないようにしていたのだが、落ち込むこともよくあったよ」

「わしも試作を重ねとるうちに、この〈じゃがたま〉が好物になりましてな。わしなりにこれによう合うソースを捜してみましたんや。それがこの『ヒロタソース』っちゅうやつで、京都の街なかで作っとるんですわ。掛けるソースによって、ころっと味が変わるっちゅうのも〈じゃがたま〉のええとこやと思います。小説もそうやと思いますわ。おんなじ幕末もんでも先生の作品はひと味違う。門外漢がえらそうなこと言うみたいでっけど、受賞しはった作品から、味付けが変わってきたように思います。いろんなソースを使い分けてはるみたいな気がしますねん」

「そうですか。たしかにそうかもしれませんな。特に女房を亡くしてからは、そのあたりを意識するようになりました」

桐野が宙に目を遊ばせている。

「長いあいだ一緒に暮らすっちゅうのは、えらいことですねんな。もの言わいでももの言うし、気持ちてなもん、お互いにお見通しやし。そんな連れ合いがおらんようになって、寂しがっとるだけでは申しわけが立たん。ふたり分気張らんと。毎日わしはそう思うて生きとります」

「おっしゃるとおりです。女房に恥じない生き方をしないと、といつも思っております」

気を引き締めるかのように、桐野が両方の頬を平手でたたいた。

「次の作品も愉《たの》しみにしとります」

「ありがとうございます。次は別のソースを掛けてみます」

桐野が明るい笑顔を見せた。

「レシピてなたいそうなもんやおへんけど、簡単に作り方を書いときました。あんまり料理せんかたでも、これやったら作れると思います」

流がクリアファイルを桐野に渡した。

「うちでも作れましたさかい、先生でも作れると思います」

厨房から出てきて、こいしが桐野のコートを取った。

「先生でも、てな失礼なこと言うたらあかんがな」

「あ、すんません」

こいしがあわてて口をふさいだ。

「大変お世話になりました。前回いただいたお料理の代金と併せてお支払いを」

「うちは特に金額を決めてませんねん。お気持ちに見合《みお》うた分だけ、こちらの口座に振り込んでください」

こいしがメモ用紙を手渡した。

「承知しました。帰りましたらすぐに」

桐野がジャケットのポケットにメモをしまった。

「寒おすさかいどうぞお気を付けて。雪でも降りそうな空ですわ」

敷居をまたいだ桐野を送りに出てきて、流が冬空をあおいだ。

「胸があたたかくなりましたので大丈夫です」

桐野は胸に手を当てて、ふたりに笑顔を向けた。

「ご安全に」

正面通を歩きだした桐野の背中に流が声を掛けると、桐野は振り向いて会釈した。

薄日が差したかと思えば、白いものがちらちらと空から落ちてくる。冬らしい空気のなかを桐野がゆっくりと歩いてゆく。

「そうそう。妙によろしくお伝えください。どうぞお元気で、と」

振り向いて、桐野が大きな声をあげた。

「承知しました。必ずお伝えします」

流が両手をメガホンにした。

「そうか。会わんと帰らはるんや」

こいしが桐野の背中に目を細めた。

「別のソースを使うのは小説のなかだけでええ」

流が店の引き戸を開けた。

「なんでわざわざ『ヒロタソース』を出したんやろて思うてたんやけど、そういう意味やったんか」

こいしが腑《ふ》に落ちたような顔を流に向けた。

「そない難しいこと考えたわけやない」

流が仏壇の前に座って線香に火を点《つ》けた。

「お父ちゃんはいろんなソースが好きやさかい、気ぃ付けんとあかんな。うちがちゃんと見張ってるさかい心配せんでええよ」

流の隣に座って、こいしが手を合わせた。

「心配なんかしとるかいな。わしのことを一番よう知っとるのは掬子や。わしの好きなソースもな」

掬子の写真を真っすぐに見つめて、流が寂しげに笑った。

第四話　かやくご飯

1

黒革のトートバッグを右脇に抱えて、武藤夕夏《むとうゆうか》はＪＲ京都駅に降り立った。仕事では幾度となく繰り返してきた京都旅だが、プライベートとなると、遠い記憶に頼るしかない。中学の修学旅行で訪れたことは間違いないのだが、友達とのおしゃべりに夢中だったせいか、どこをどう歩いたのかは、ほとんど覚えていない。

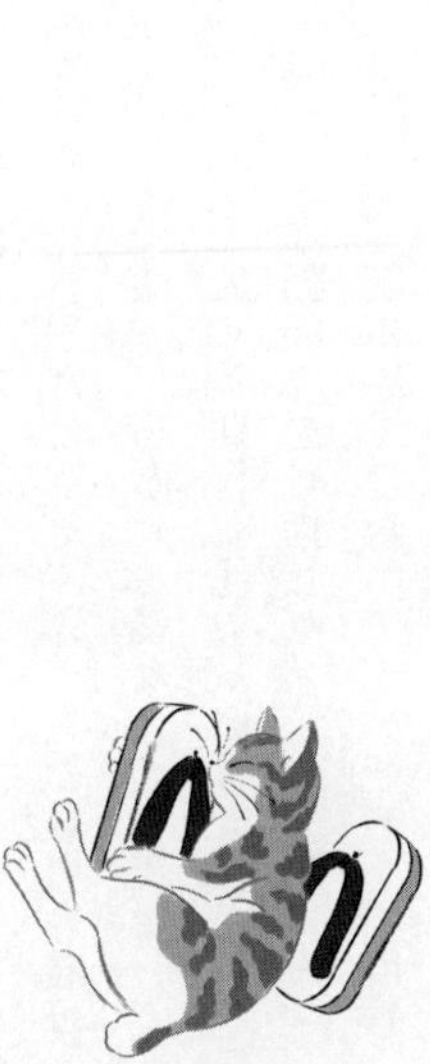

仕事を離れての旅だから、もっとカジュアルな服装にすればよかった。新幹線の改札口を出てすぐにそう思ったが、習慣はなかなか抜けないものだとも実感した。十四年も前、出版社に就職してすぐ女性誌の編集部に配属され、先輩から教わった心得を夕夏は忠実に守り続けてきた。

観光スポットや店の取材に当たっては、相手に失礼のないように、と言うより軽く見られないようにとの配慮から、たいていは黒のツーピースに白いシャツという出で立《いた》ちだった。トレンチコートの襟を立てて風を防ぐ。

万事控えめに。派手は禁物。怒らず、腐らず、常に笑顔で。まるで魔法の呪文でもあるかのように、仕事場では一日に幾度となくそれを唱えてきた。

予想できたことだが、その反動はそのまま家庭に表れた。

怒ったり、腐ったりは日常茶飯で、作り笑顔は苦手だとうそぶき、夫の敬男《よしお》も義母の邦子《くにこ》も、いたっておとなしい性格なのをいいことに、奔放にふるまってきた。

だが、そのことと今起こっている事態とは、なんの因果関係もないはずだ。そう自分に言い聞かせて夕夏は、慣れた足取りで『東本願寺』を目指した。

出版界の慣例とも言える年末進行も一段落し、師走にできたエアポケットを利用してやって来た京都はやっぱり寒い。

取材で訪れる京都は、たいてい祇園界隈《ぎおんかいわい》か、もしくは嵐山《あらしやま》や東山《ひがしやま》などの観光地で、京都駅界隈は縁が薄い。そのなかで唯一の例外と言っていいのが東と西の本願寺だ。世界文化遺産として登録されている『西本願寺』と、登録されていない『東本願寺』はどこがどう違うのか、という記事を担当し、ふたつのお寺をつぶさに取材したのは、たしか八年ほど前のことで、夕夏にとっては産休明けの初仕事になったので、はっきり記憶に残っている。

『渉成園《しょうせいえん》』という『東本願寺』の飛び地境内の庭園へ向かう道筋に、目指す探偵事務所があるはずだ。夕夏はトレンチコートのボタンを留めて歩を進めた。

通りの左右を見渡しながら、夕夏は勘をはたらかせ、それと思《おぼ》しきしもた屋の前に立った。

「料理春秋」という雑誌の、〈鴨川食堂・鴨川探偵事務所——食捜します〉と記された、たった一行だけの広告を頼りにやって来た夕夏は、そこがまるで取材先でもあるかのように、トレンチコートを脱いで居住まいを正し、ひとつ咳《せき》ばらいをしてから、引き戸に手をかけた。

「こんにちは」

「いらっしゃい」

夕夏の予想を裏切って、若い女性の声が返ってきた。

「突然お邪魔して申しわけありません。こちらは『鴨川探偵事務所』でよかったでしょうか」

「そうですけど」

拒んではいないが、歓迎しているようにも見えない。京都人が初対面の相手に向ける表情はたいていこんなふうだ。ここでひるんでしまうと向こうのペースに巻きこまれてしまう。

「よかった。もし違ったらどうしようかと思って」

大げさに喜んでみせた夕夏は、取材のときと同じように名刺を差しだした。

「武藤夕夏と申します。出版社に勤めておりまして、雑誌を作っているので、京都にはよく参ります。今日は仕事ではなく、プライベートなことでお願いにあがりました。実はわたし食を捜しているのです」

「『料理春秋』の広告を見てきてくれはったんですか」

「はい。あちらの出版社にも知り合いがいるもので、あらましを教えていただきました」

夕夏が笑顔を浮かべると、厨房《ちゅうぼう》らしきスペースから作務衣《さむえ》姿の男性が出てきた。

「『鴨川食堂』の主人をしてます鴨川流と言います。茜とはお知り合いでっか？」

「お名前だけは存じておりますが、まだお会いしたことはないんです」

「まぁ、どうぞお掛けください。うちは『鴨川探偵事務所』の所長をしてます鴨川こいしと言います」

白いシャツにソムリエエプロンを着けたこいしが一礼した。

「では失礼して」

夕夏はパイプ椅子にコートとトートバッグを置いた。

「お腹《なか》のほうはどないです？　おまかせでよかったらお作りしますけど」

「ありがとうございます。お言葉に甘えさせていただいてもよろしいでしょうか。突然お邪魔したのに恐縮です」

夕夏が深く腰を折った。

「そないたいそうに言うてもらうようなもんやおへん。お酒はどないです？」

「せっかくお料理をいただくのですから、少しだけちょうだいいたします」

「苦手なもんはおへんか」

「特にございません」

「ほな、しばらく待っといてください。すぐにご用意します」

小走りで流が厨房に戻っていった。

「お酒は何がよろしい？　日本酒、焼酎、ワインといちおうのお酒はありますけど」

こいしが訊《き》いた。

「だいじなお話が控えてますので酔っぱらわないようにしないといけませんよね。少しだけ日本酒をいただきます。お奨《すす》めがあれば」

「そうやねぇ、どんなんがお好みです？」

「淡麗辛口とかよりも、どっしりしたのが好みです。なんて言うと大酒飲みみたいに思われますね」

「そんなん気にせんとってください。うちも一緒ですし。新潟やねんけど、しっかり重いお酒で『鶴齢《かくれい》』ていうのがありますねん。それでよろしい？　ちょっと甘《あも》ぅ感じはるかもしれません」

「少しくらい甘くても大丈夫ですからそれでお願いします」

「分かりました。ちょっとだけ冷やしてお持ちしますわ」

笑顔を残してこいしが厨房に入っていった。

気持ちを落ち着かせて、夕夏はあらためて店のなかを見まわしている。

これまで取材してきた京都の店とはまったく趣きが異なる。言ってしまえば、まったく京都らしさを感じないのだ。はんなりもしていないし、侘びた風情を漂わせるのでもない。生まれ育った姫路にはこんな店はいくらでもあった。駅近くの商店街を歩けば、雑多な飲食店がすぐ目に入る。そんな店はたいていがこんなふうだった。

夕夏は少なからぬ不安を感じはじめていた。

「料理春秋」は信頼のおける雑誌だ。明確な意図を持って編集されていて、時流に流されず、必要以上に店を持ちあげることもなく、ときには厳しい論評を付け加えることもある。そんな雑誌に出ている広告だからと信用して訪ねてきたのだが、徒労に終わってしまうかもしれない。そんな不安は、流が運んできた料理を見た瞬間に消え去ってしまった。

「お待たせしましたな。寒い時季でっさかい、あったかい料理をようけ盛り込んどきました」

流がテーブルに信楽《しがらき》の大皿を置いた。

「すごいご馳走《ちそう》ですね」

夕夏は思わずトートバッグに手を伸ばし、デジカメを取りだそうとして思いとどまった。

「簡単に料理の説明をさせてもらいます。左の上は殻ごと焼いた牡蠣《かき》です。胡麻味噌《ごまみそ》を載せてますんで、そのまま食べてください。その右は聖護院蕪《しょうごいんかぶら》とビワマスの重ね蒸し。添えてある酢橘《すだち》塩で召しあがってください。上の右端は鴨《かも》をつくねにして揚げたもんです。そのままでもいけますけど、辛子《からし》をつけてもろても美味《おい》しおす。その下の小鉢は香箱蟹《こうばこがに》の酢のもんです。土佐酢を掛けてありますんで、内子《うちこ》と外子《そとこ》を混ぜながら食べてください。その左は鯛《たい》の昆布〆《こぶじめ》、ちょこっとだけ、かんずりをつけてもろたら風味が出ます。左端は堀川《ほりかわ》ごぼうの炊いたん。牛のスネ肉をなかに射こんでます。その下はフグぶつのフライです。ライムを絞ってから塩を振ってください。下のまん中はイカのウニ焼き。粉山椒《こなさんしょう》を振ってますんで、そのままどうぞ。右端の角鉢は金時人参《にんじん》と伊勢海老《えび》の炊き合わせ。白味噌で味付けてます。よかったら煮汁も飲んでください。あとでご飯をお持ちします。今日は鰻《うなぎ》の蒸し寿司《ずし》を用意しとります。ええとこで声を掛けてください」

言い置いて、流は厨房に戻っていき、入れ替わりにこいしが一升瓶を抱えて出てきた。

「瓶のまま置いときますよって、好きなだけ飲んでください」

大ぶりの蕎麦猪口《そばちょこ》と『鶴齢』を夕夏の前に置いた。

「なんだかすごい大酒飲みに思われたみたいですね」

「お顔見たら分かりますねん。たぶんよう飲まはるんやろなと思うて。お食事が終わらはったら、食捜しのお話を聞きますよって、奥にお越しください」

いたずらっぽい笑顔を残して、こいしも厨房に入っていった。

ひとり食堂に残った夕夏は、あらためて大皿の料理を見まわして、深いため息をついた。

取材を通してある程度は理解していたつもりだったが、これまで自分が見てきた京都はほんの入口に過ぎなかったのだ。三ツ星料亭や二ツ星割烹《かっぽう》を取材して試食もしてきたが、それをはるかに凌駕《りょうが》する料理だろうことは、ひと目で分かる。

夕夏が最初に箸を付けたのはフグぶつのフライだった。流の指示にしたがい、ライムを絞って軽く塩を振って口に運ぶと、それは至福という言葉しか思い浮かばないほど美味しいものだった。

酔ってはいけないと自制しているのに、蕎麦猪口に注《つ》いだ酒がすぐになくなってしまう。

こんな料理をお酒抜きで食べるなんてあり得ない。自分にそう言い訳をして、重い一升瓶を何度も持ち上げた。

大げさな蟹ではなく、小さなメス蟹にこそ旨《うま》みが凝縮しているのだ、と尊敬する料理人から聞かされたとおり、香箱蟹の酢のものは香りといい、味わいといい、申し分のない逸品だ。なぜこの店に星がついていないのか。そんな疑問を抱かせる店はきっと京都には山ほどあるのだろう。

先ほどの不安が杞憂《きゆう》に終わった今となっては、ここから先の展開を期待するしかないのだが、それで目的は果たせるのか。絶えず不安を抱えてしまうのは、ある種の職業病なのかもしれない。すべてに目をつぶって、今は料理とお酒を愉《たの》しむことに専念したい。

赤いかんずりをつけて、鯛の昆布〆を口に運ぶ。その旨みをしっかりとたしかめてから、夕夏は手に持つ箸を猪口に替えた。

比べることが間違っていると、頭では分かっているのだが、ついこれまでに取材してきた店の食と比較してしまう。比べたからといって、何がどう違うのかまでは、ちゃんと理解できていないのだが、ただひとつ、はっきりしているのは、この食堂の料理には角がないということだ。

味わいがまろやかだとか、そういうことではなく、食べていて心が丸くなっていくのだ。

祇園の有名割烹で取材したあとに試食してみて、気持ちをとがらせる料理だと感じた。経験値が足りないせいだったかもしれないが、料理人から押さえつけられているように感じてしまった。それに負けてはいけないと力が入ってしまい、食べ終えると、どっと疲れが出て、ホテルに戻るとすぐに眠ってしまった。

そんな料理と対極にあるような料理だ。もちろんそれは、目の前に料理人がいるというプレッシャーから解放されているせいでもあるが、料理そのものも実に穏やかなのである。

ひと品食べるたびにうなずき、空になった猪口に酒を注ぎ、また料理に箸を付ける。繰り返すうち、大皿に空白が目立ってきた。

「どないです。お口に合《お》うてますかいな」

流が厨房から出てきた。

「合うどころか、夢中でいただいています」

「よろしおした。そろそろご飯をお持ちしまひょか」

「蒸し寿司でしたね。よろしくお願いいたします」

夕夏と目を合わせて、流は厨房に戻っていった。

初めて京都で蒸し寿司の取材をしたときは、その熱さに驚いた。そもそも寿司をあたためるという発想がなかった。器を手に持つことすらできないほどの熱い寿司はしかし、食べるとクセになるような美味しいものだった。

錦糸玉子がたっぷり載ったビジュアルもいいし、取材し甲斐《がい》のある料理だった。東京ではまず出会うことがないだけに、夕夏は愉しみに蒸し寿司を待った。

「お待たせしましたな。早めに蒸しといてよかったですわ。火傷《やけど》せんように気ぃ付けてくださいや」

思ったより早く出てきた蒸し寿司は蒸籠《せいろ》に入っている。

「以前に京都のお寿司屋さんでいただいたときは、磁器の器に入っていたと記憶しているのですが」

「うちもたいていそうしてるんですけど、今日は鰻を使《つこ》うてますので、香りも愉しんでもらお思いましてな」

そう言って、流が蒸籠のふたを外すと、もうもうと湯気が立ち上った。

「鰻重《うなじゅう》みたいですね」

蒸籠のなかにはびっしりと鰻が詰まっている。

「琵琶湖《びわこ》のええ鰻が入りましたんで、いっつも蒸し寿司は穴子を使うんでっけど、今日は鰻にしてみました。直焼《じかや》きにしてタレは甘みをおさえてますんで、軽ぅに召しあがってもらえる思います」

流の言葉が耳に入ってこないほど、蒸籠のビジュアルは魅力的だ。

「こんなの初めて。混ぜてしまっていいんですか？」

「混ぜながら食べてもらうのが一番やと思います。ご飯は酢めしですさかい、ワサビもよう合います。お好みで粉山椒を振ってください」

ひつまぶしに似ているようで、食べるとまったくの別ものだと分かる。刻んだ大葉と煎り胡麻が酢めしに混ぜ込んであり、鰻の脂っこさを和らげている。なんとも不思議な味わいなのだが、違和感はまったくない。はるか昔からこんな料理があったと言われれば、すんなり納得するくらいだ。

外食をすると、つい深みにはまってしまう。編集者魂に火が点《つ》く、と言えば格好良すぎるだろうが、どんな食材を使って、どんな料理法で、その料理の魅力はどこにあるかと考えてしまっている。

明らかにその反動だと思うが、家で食べるときは空腹さえ満たせばいいといったふうになる。同居するようになってからは、義母にまかせっきりだし、それまでは既製品の惣菜《そうざい》やデリバリーに頼っていた。同業である敬男はビジネス系専門なので、食事には無頓着そのものだからそれで何も問題はなかった。

ひとり息子の敬一《けいいち》も、義母と同居するまでは与えられたものを喜んで食べていた。

もっとも好物ばかりを食べさせていたのだから当然のことなのだが。

「よかったらお代わりもありまっせ」

空になった蒸籠を前にして、思いを巡らせていると、いつの間にか流がうしろに立っていた。

「もう充分です。探偵さんがお待ちになっているでしょうから」

「急いでもらわんでもええんでっせ。ゆっくり召しあがってくださいや」

「ご案内くださいますか」

ハンカチで口を拭って夕夏が立ちあがった。

「急《せ》かしたみたいで申しわけなかったですな」

奥へと続く廊下を歩く流が振り向いた。

「久しぶりにゆっくり食事を愉しませていただきました」

廊下の両側に貼られた写真を横目にして、夕夏が流のあとを追う。

「よろしおした」

前を向いたままで流が応えた。

廊下の壁に貼られているほとんどは料理写真だ。ひと皿のカレーライスもあれば、中華料理の満漢全席のようなものまで、和洋中のあらゆる料理が並んでいて、写真のテクニックはプロとはほど遠いが、美味しさは充分伝わってくる。

「ぜんぶ流さんがお作りになった料理ですか？」

「いくつかは家内が作ったもんやら、料理屋のもんも混ざってますけど、ほとんどはわしが作った料理です。レシピてなしゃれたもんを書き残しまへんので、写真で記録してますんや」

廊下の突き当たりにあるドアの前で流が立ちどまった。

「どうぞ」

間髪をいれずにドアが開き、こいしが顔を覗かせた。

「あとはこいしにまかせますんで」

身体《からだ》の向きを変えて、流が廊下を戻っていった。

夕夏がロングソファのまん中に座るのを待ってから、ローテーブルをあいだにして、こいしが向かい合うシングルソファに腰かけた。

「簡単でええので、これに書いてもらえますか」

手渡されたバインダーには申込書と書かれた紙がはさんである。夕夏は膝の上に置いてペンを持った。

氏名、年齢、職業、住所、家族構成と記入を終えて、夕夏はこいしにバインダーを返した。

「早速ですけど武藤夕夏さん。どんな食を捜してはるんです」

こいしは黒いパンツスーツに着替えていて、向かい合うふたりは似たような空気を醸しだしている。

「炊きこみご飯です。関西だとかやくご飯と言いますよね」

夕夏が答えると、こいしはノートを開いた。

「お揚げさんと刻んだ野菜を一緒に炊いた、味付きご飯のことやね」

「はい」

「どこかお店のんですか？」

「いえ。義母が炊いていた炊きこみご飯です」

「ご家族はご主人と息子さんと三人になってますよね。お義母《かあ》さんはどちらに？　て言うか失礼ですけどご存命なんですか？」

「しばらく一緒に住んでいたのですが、一年ほど前から義母とは別に住むようになりました」

「いろいろ事情はあるんやろと思いますけど、差支えのない範囲で詳しいに話してもらえますか？」

こいしが両膝を前に出した。

「義母は武藤邦子といいます。年齢は七十六歳。鹿児島にある夫の敬男の実家でひとり暮らしをしていたのですが、うちは共働きで子育てが大変になってきたので、東京に呼び寄せて一緒に住むことにしたのです。息子の敬一が幼稚園の年中さんのときでしたから、四年半ほど前のことです」

「ちょっと整理させてくださいね。お義母さんを東京に呼んで一緒に暮らしてはったんは、息子の敬一さんが年中組のころから一年前までていうことやから三年半のあいだですね」

こいしがノートに表を書いた。

「はい。そのあいだずっと敬一の世話をしてくれたので助かりました」

「それやのに、一年前に別居しはるようになったんはなんでです？」

「義母が可愛《かわい》がってくれるのはいいのですが、度を超えて甘やかし過ぎになってしまって、敬一が学校で問題を起こすようになってしまったんです」

「そうなんや。難しいもんなんやぁ。また鹿児島に戻らはるのも大変やったんと違います？」

「鹿児島の実家はもう処分してしまってましたので、主人がうちの近所のマンションを借りて、そこでひとり暮らしをするようになりました」

「七十六歳やったら、ひとり暮らしも気楽でええでしょうね。なんかあっても近所やったら安心やし。そのお義母さんの炊きこみご飯は、どんなんでした?」

本題に入ったこいしはノートのページを繰って、ペンをかまえた。

「具だくさんの炊きこみご飯でした。油揚げ、ごぼう、人参や椎茸《しいたけ》を細かく刻んだのが入っていました。かまぼこのようなものも入っていたような気がします。味はけっこう濃いめでしたね」

天井に視線を遊ばせながら夕夏が答えた。

「ふつうのかやくご飯やなぁ。ほかに何か特徴はありませんでしたか」

ノートにイラストを描きつけて、こいしが夕夏に顔を向けた。

「それが特徴と言えるかどうか分かりませんが……」

答えようとして、夕夏が言いよどんだ。

「なんです?」

こいしが身を乗りだした。

「ご飯が黄色いんです」

夕夏が声をひそめた。

「黄色いかやくご飯……変色してたていうことですか」

　こいしも声を落とした。

「ほら、ジャーに長く置いておくと、ご飯って色が変わってくるじゃないですか」

「古ぅなったご飯を使わはったんやろか。けど、お醤油《しょうゆ》やらの調味料で茶色ぅなると思うんですけどね」

　こいしがイラストを描きながら首をかしげた。

「敬一はそれが美味しいと言って、がつがつ食べるんですけど、わたしはなんだか気持ちが悪くて、ほとんど食べませんでした」

「たまたま、やったんと違います？」

「いえ。義母の炊きこみご飯はいつも黄色っぽいご飯でした。敬一が好んで食べていたのは、きっと味の濃い具がたくさん入っていたからだと思います。敬一の唯一の趣味というか愉しみは野球を観《み》ることなんですが、野球中継を観ながら義母の炊きこみご飯を食べるのが一番の愉しみみたいです。変わった子どもでしょ」

　夕夏は眉をひそめた。

「そんな炊きこみご飯を、なんで今になって捜してはるんですか。お義母さんが元気なんやったら作ってもらわはったら済むんと違います？」

夕夏の気持ちが理解できないとばかりに、こいしは突き放すような口調で言った。

「一からちゃんと説明しないといけませんでしたね。失礼しました」

腰を浮かせて頭を下げると、こいしは慌てて両方の手のひらを夕夏に向けて左右に動かした。

「謝ってもらうような話と違います。うちの言い方が間違《まちご》うてたんです。食を捜してはる人はたいてい、もう一回食べたいと思うてはるんで、ちょっと不思議に思うただけです。お話を聞かんうちからいらんこと言うてしもて、こっちこそすみません」

こいしが一礼した。

「元をただせば、こちらの都合で義母に東京へ出てきてもらって、敬一の面倒をみてもらっていたのに、別居してほしいなんて言いだすのは人として間違ってますよね。それも敬一が甘え過ぎてしまうから、なんていう勝手な理由で。義母には本当に申しわけないことでした」

夕夏がローテーブルに目を落とした。

「お義母さんも気ぃ悪ぅしはりましたでしょ。帰る家もないのに別居したいて言われたら、怒らはっても当然ですやろね」

こいしの語気には義憤めいた気持ちが表れているようだ。

「おっしゃるとおりです。つい義母に甘えてしまったんです。ひとり暮らしには充分な広さと、整った設備のマンションだったので文句はないだろうという、おごった気持ちもありました」

「それで敬一くんのほうは？」

「最初のころはひんぱんに義母のマンションを訪ねていってましたが、それではいけないと義母が思ったのでしょうね。以前のように甘やかすことがなくなったので、敬一もだんだん足が遠のくようになって」

「なんやお義母さんが可哀《かわい》そうになってきた」

こいしが肩をすくめた。

「ひと月ほど前のことです。義母の住むマンションの管理人さんが訪ねてこられて、義母の言動がおかしいと言われました。夜中に突然外出したり、何もないのに火事だと叫んだり、あげくにお隣の部屋のかたに泣きついたり」

夕夏が顔を曇らせた。

「認知症……やろか」

「慌てて主人がお医者さまに診てもらったら、やはりそうでした。急激に進行したようで、かなりの重症だと言われました。施設に入れたほうがいいとも言われたので、すぐにそうしました」

「気の毒としか言いようがないなぁ。夕夏さんには悪いけど、そのまま一緒に住みながら解決する方法もあったんと違いますやろか」

こいしが言うと、夕夏はこっくりとうなずいた。

「わたしたちが間違っていたんです。義母から引き離すことが敬一のためだと思い込んでしまって。でも結果はまったく逆でした。問題行動がエスカレートして、暴力事件まで起こすようになってしまったんです」

「お義母さんは認知症にならはるわ、息子さんは荒れてしまわはるわ、て、ええことなんにもありませんやん。きつい言い方になってしまいますけど」

「本当にそのとおりなんです。考えが甘かったというか、足りなかったというか、毎日主人と反省ばかりしています」

「そのことと、今捜してはるかやくご飯と関係あるんですか」

「はい。八方ふさがりにしてしまった状況を打開するのには、義母が作ってくれていた炊きこみご飯を、もう一度敬一に食べさせるのが一番ではないかという結論になったんです」

夕夏がすがるような目でこいしを見た。

「そこをもうちょっと詳しいに説明してもらえますか」

　こいしはペンを握る手に力を込めた。

「義母と別居するようになって、一番困ったのは食事です。義母は料理上手で、特に高価な食材を使うわけではないのに、手早く美味しい料理を作ってしまいます。残りものもうまく活用して、京都で言うおばんざいのような料理が得意なんです。ふつうの男の子だったら、そんな地味なおかずよりハンバーグだとかフライドチキンやラーメンなんかを好むはずなのに、小さいときから食べ慣れているせいか、敬一は義母が作る料理だと喜んで食べるのですが、それ以外のものだと渋々といった感じなのです」

「ほんまのおばあちゃんっ子なんですねぇ。そういう話はよう聞きますわ」

　こいしが合いの手をはさんだ。

「暴力事件を起こして、担任の先生に付き添われて下校してきた日の夜のことです。主人が説教していたら突然暴れだして、手が付けられなくなったんです。どうしていいのか、おろおろしていたら、敬一が叫んだんです。おばあちゃんの炊きこみご飯が食べたい、って。うろ覚えだったのを急いで作ったのですが、ひと目見るだけでそっぽを向いてしまって。さっきもお話ししたように、わたしは好きじゃなかったし、大して興味もなかったので、似ても似つかぬものだったと思います。主人も食べることには興味のない人なので、自分の母親が作った炊きこみご飯なのに覚えていないと言うんです。それ以来敬一はほとんど口もきかなくなって、大きな問題を起こすことはありませんが、学校にも行ったり行かなかったりを繰り返しています。そして何かあると決まって、おばあちゃんの炊きこみご飯が食べたいと泣き叫ぶんです」

困り果てた表情で夕夏が深いため息をついた。

「お義母さんに作り方を訊いてみはりました？」

「もちろんです。主人が何度も訊きに行くのですが、料理を作るどころか、食べることも忘れてしまっているくらいですから」

「そらそやわね。認知症になってしもてはるんやから。敬一くんに訊いても分からへんのですか？」

「なにせ九歳の子どもですからね。こんなんじゃない、を繰り返すばかりで」

「なんぼお父ちゃんでも、もうちょっとヒントがないと捜しようがないやろなぁ」

「食を捜してくださるのは、あなたじゃなくてお父さんのほうですか？」

驚いたように夕夏が大きく目を見開いた。

「まだ言うてませんでしたね。うちはお話を聞くだけで、ほんまに捜すのはお父ちゃんですねん」

「そうでしたか」

夕夏はホッとしたような表情を見せた。

「ご主人の実家は鹿児島やて言うてはりましたね。東京へ出て来はるまでお義母さんが住んではったとこ、鹿児島のどの辺です？　ひょっとしたらヒントになるかもしれません」

タブレットの地図アプリを開いたこいしが訊いた。

「市内です。鹿児島駅の西のほうで城山《しろやま》公園のすぐ南側、『照國《てるくに》神社』の傍《そば》です」

夕夏が地図を指さした。

「でも、もうご実家はないんですよね」

「もし残っていたとしても、たいしてヒントにはならなかったと思いますよ」

「なんでです？」

「主人も義父も炊きこみご飯が嫌いで、家で食べた記憶がないと言ってましたから」

「そうなんや。でもお義母さんは敬一くんの好物になるくらい、しょっちゅう作ったげてはった。なんでなんやろなぁ」

「そうそう、少しヒントになるかもしれませんが、義母は敬一の炊きこみご飯にだけ、紅生姜《べにしょうが》で字を描いて載せてました」

「千切りの紅生姜でですか？」

「はい。いつも〈王〉という字でした。義母は敬一に、――王さまが燃えるぞ――と言って炊きこみご飯を盛ったご飯茶碗《ぢゃわん》を手渡すんです。すると敬一はいつもキャッキャッと笑って」

夕夏が白い歯を見せた。

「それが愉しかったんかもしれませんね。やってみはりました？」

こいしがノートに赤色のペンで王の字を描いた。

「恥ずかしながら真似《まね》してみました。でも敬一はまったくそれには反応しませんでしたから、それ目当てではなかったと思います」

「ええヒントになるかなぁと思うたんやけどあかんかったか」

ペンを置いて、こいしが腕組みをした。

「むずかしいお願いだということはよく承知していますが、なんとか捜していただけないでしょうか。短絡的だとも思うのですが、今のわたしたち夫婦には、ほかに解決策が見いだせないのです。どうぞよろしくお願いいたします」

立ちあがって夕夏が深いお辞儀をした。

「あとはお父ちゃんに頼るしかないんですけど、なんとかがんばってもらいます」

　こいしも立ちあがってノートを小脇に抱えた。

　先を歩くこいしのあとを追いながら、夕夏は廊下に貼られた写真に時おり足をとめる。そのたびにこいしも立ちどまって、説明を加える。何度かそれを重ねるうち、ふたりは食堂に戻った。

「あんじょうお聞きしたんか」

　待ちかまえていたように、流がこいしに声を掛けた。

「お話はたんと聞かせてもろたんやけど……」

　あとの言葉を呑《の》みこんで、こいしが夕夏に顔を向けた。

「ヒントらしきものはほとんどありませんので、ご苦労をかけると思いますが、なにとぞよろしくお願いいたします」

「せいだい気張らせてもらいます」

「美味しいお料理もいただいて、難問を残して帰るのも大変心苦しいのですが、神さまにもすがる思いですので。とりあえず今日の食事代を」

　夕夏がトートバッグから財布を取りだした。

「探偵料と一緒にいただくことになってますねん」

「分かりました。では次回に。いつお伺いしたらよろしいでしょうか」

「だいたい二週間ほど時間をいただいとります。こっちから連絡させてもらいますわ」

流の言葉にうなずいて、夕夏はコートとバッグを手にして店の外に出た。

「お気を付けて」

「どうぞよろしくお願いいたします」

見送って、流とこいしはカウンター席に並んで腰かけた。

「ものはなんや？」

「かやくご飯。東京では炊きこみご飯て言うみたいやけど」

「たしかにヒントが少ないなぁ。難儀しそうや」

流がノートを繰った。

「けっこう粘ったんやけど、これくらいしか訊きだせへんかったんよ」

「なんやこの赤い印《しるし》は？」

流の問いに、こいしは笑いながら説明した。

「王かぁ」

流が両腕を組んでつぶやくと、こいしも同じ仕草をした。

「王やねん」

「九州に行かんとあかんな」

「行っても無駄やって。もう実家もないんやから」

「行ってみんと分からんことがようけあるんや。九州には旨いもんもあるし」

「ほな、うちも行こうかな」

こいしが甘えた声を出した。

2

暮れも押し迫っているころに、仕事以外で京都を訪れるとは思ってもみなかった。それも敬一とふたりで。

子どもがいれば、どこの家庭でも一大イベントとなるはずのクリスマスも、ふた親だけが空回りして、肝心の敬一は笑顔ひとつ見せることはなかった。

着ている真っ赤なダウンコートは、サンタクロースに扮装《ふんそう》するためのものだったが、空振りに終わってしまい、仕方なくそのまま玄関先に掛けておいたものだ。

このままお正月を迎えるのかと思うと、気分は滅入《めい》るばかりだ。

炊きこみご飯を見つけたと連絡をもらっても、さほど心が動かなかったのは、敬一のふさぎ込み方が、日に日にひどくなってきたからでもある。冬休みになってからは、ほとんど一歩も家を出ない。せめてゲームにでも興じてくれればいいのだが、それもしない。一日中自分の部屋に閉じこもっているだけの暮らし。朝晩の食事は一緒に摂《と》るのだが、ただただ空腹を満たしているだけにしか見えない。

夫の敬男は相変わらず忙しくしていて、ビジネス本にシーズンオフはないと言い放ち、今日も早朝から出社して行った。

義母の炊きこみご飯を食べに行こうと言うと、敬一は久方ぶりに屈託のない笑顔を見せた。そこに義母はいないと言葉を足しても、敬一の表情が変わらないのは、夕夏には意外だったのだが。

好きで続けてきた仕事も、そろそろ潮時なのだろう。たとえ炊きこみご飯が見つかり、それを喜んで敬一が食べてくれたとして、それで終わりではない。そこから始まるのだ。

そんなことを考えるうちに、気が付くと『鴨川食堂』の前に立っていた。

「お早いお着きで」

背中から聞こえてきたのは、こいしの声だ。

「こんにちは。ご連絡ありがとうございます。気が急くもので。息子の敬一です。ほら、ちゃんとご挨拶しなきゃ」

夕夏が敬一の頭を押さえた。

「こんにちは。武藤敬一です」

敬一が首だけを曲げた。

「お父ちゃんもお待ちかねですよ」

こいしが抱いていたトラ猫を地面におろすと、夕夏の足元にすり寄ってきた。

「猫を飼ってらっしゃるんですか？」

夕夏が屈《かが》みこむと、敬一もその横に並んだ。

「食べもん商売の店に犬猫は入れられん、てお父ちゃんが厳しい言わはるもんやさかい、飼うてるわけやないんですよ。〈ひるね〉ていう名前だけ付けて、この辺にずっと居ついてますけど」

こいしが敬一の隣に屈んだ。

「年中さんのころに、敬一が猫を飼いたいと言って捨て猫を拾ってきたんですが、主人が許可しませんで。自分が面倒をみるからと義母が後押ししたのですが、結局飼えず終《じま》いで」

敬一を横目にして、夕夏がひるねの頭を撫《な》でた。

「寒ぉっしゃろ。どうぞお入りください」

気配を感じたのか、店の引き戸を開けて流が手招きした。

「ありがとうございます。今日は愉しみに参りました」

赤いダウンコートを手にして、夕夏が敷居をまたぐと、ぎこちない動きで敬一がそれに続いた。

「こんにちは。武藤敬一です」

黒いスタジアムジャンパーを着た敬一が同じ挨拶を繰り返した。

「なんとか見つかってよかったですわ。たぶん合うてると思うんやけどな、違《ちご》うてたら違うて正直に言うてや」

流はしゃがみ込んで敬一に笑顔を向けた。

「すぐに用意するさかい、ここに座って待っててや」

敬一の背中を抱くようにして、流がテーブル席に案内した。

「おばちゃんも食べてみたんやけど、ほんまに美味しかったわ。愉しみにしててな」

こいしがふたりの湯呑に茶を注いだ。

「愉しみだね」

並んで座る夕夏が言葉を掛けると、敬一はこわばった姿勢のままで小さくうなずいた。

「ジャンパーぬいでいい？」

「いいわよ。暑い？」

「なんかきゅうくつ」

座ったままの敬一は、ぎこちない動きでジャンパーを脱いだ。

「こっちに掛けとくわね。お母さんのコートも一緒に」

こいしがコート掛けにふたつのハンガーを掛けた。

短い言葉ではあったが、敬一が自分の気持ちを言い表したことに、夕夏は少しばかり驚いた。何かを訊《たず》ねてもうなずくばかりで、最近は自分から口を開くこともめったにない。今朝も新幹線に乗っているあいだ、ずっと窓の外を見ていた敬一が発した言葉は「トイレ」だけだった。

敬一は身体の向きを変え、ときには中腰になり、顔を上げ下げし、店のなかを興味深げに見まわしている。何かが敬一のなかで変わりつつある。それが何なのか、いい兆しなのかどうかも、まだ夕夏には分からない。

「さあさあ、お待ちかねのかやくご飯が登場やで。敬一くんらは炊きこみご飯て言うんやろけど、おっちゃんらのとこではな、かやくご飯て言うんや。なんでか分かるか？」

小ぶりのふた付き丼をふたりの前に置いて、流が敬一に訊いた。

「わかりません」

少し間をおいてから、敬一が答えた。

「かやくっちゅうのはな、爆弾の原料やねん。そやから火ぃ点けたら爆発する。おっちゃんが炊いたかやくご飯もな、ときどき爆発することがあるんや」

そう言って流がふたに手をやると、敬一が大きく身体をのけぞらせた。

「こわい」

「大丈夫よ。ママが付いてるから」

夕夏が敬一の肩を抱いた。

「どうぞばくはつしませんように」

流が呪文を唱えるようにつぶやき、両手でふたを開けようとすると、こいしは手で両耳をふさぎ、それを見た敬一は仕草を真似た。

「ぱーん」

小さく声をあげて、流がふたを取るとかすかに湯気が上がった。

「よかったなぁ、爆発せんで」

こいしが顔を向けると、敬一は目を輝かせて丼を見つめた。

「たくさん炊いてあるさかい、いっぱい食べてや」

両手にふたを持ったまま、流が敬一に言った。

「クニちゃんのご飯……」

笑顔を丸くして、敬一が口を開いた。

「義母は邦子って言います。敬一はクニちゃんと呼んでいるんです」

「どや。クニちゃんのご飯とおんなじやろ」

流が言うと敬一はこっくりとうなずいた。

「王さまがもえてる」

ご飯の上には紅生姜で〈王〉の字が描かれている。

「ほんとにクニちゃんのご飯だね」

「食べていい？」

敬一が箸を取った。

「もちろん」

夕夏が答えるのと同時に、敬一は丼のご飯に箸を付けた。

紅生姜を箸でつまみ、三本ほど口に入れてから、たっぷり載った具を食べ、そのあとに黄色いご飯をかきこんだ。

「美味しい？」

夕夏が訊ねると、敬一は無言でうなずき、箸を動かしつづけた。

「どうやら合うとったみたいやな」

ホッとしたような顔つきで流が見ると、こいしが満面の笑顔で流の背中をはたいた。

「ママも早く食べなきゃ」

箸を付けずに様子を見ていた夕夏に、敬一が強い口調で言った。

「けいちゃんの食べっぷりが、あんまりいいから見とれちゃった」

夕夏が慌てて箸を取った。

「どうぞごゆっくり」

笑顔を残して、流とこいしが下がっていった。

食堂に残ったふたりは並んで箸を動かし、時おり箸が丼に当たる音だけが響いている。

「美味しいね」

敬一が屈託のない笑顔を夕夏に向けるのは、いつ以来だろうか。何ヵ月も前に遡らなければならない。

「うん」

涙目になった顔を、夕夏は天井に向けた。

夢中で箸を動かす敬一の姿を見るのも久しぶりのことだ。邦子と別居するようになってからは一度もなかったような気がする。それがしかし、たった一杯の炊きこみご飯の力だとすると、どう解釈すればいいのだろう。これから先もずっとこれを食べさせ続けることになるのか。食べ進むうち、複雑な気持ちが夕夏の胸のなかを行き来し始めた。

そしてもうひとつ。敬一の食べっぷりを見るに、邦子が作っていた炊きこみご飯と同じと言ってもいいだろうこれを、流はどうやって捜しだしたのか。更に言えば、邦子の作ったいろんな料理のなかで、なぜ敬一はこの炊きこみご飯にこだわったのか。そんな疑問が夕夏の胸のなかに渦まいている。

「お代わりもらってもいいのかな」

敬一が空になった丼を見せた。

「おじちゃんがたくさん炊いたって言ってたから大丈夫。すみません、お代わりをお願いできますか」

立ちあがって夕夏が大きな声をあげた。

「気に入ってくれたんやな。おっちゃんも嬉《うれ》しいけど、きっとクニちゃんも喜んではるわ」

勢い込んで流が厨房から出てきた。

「クニちゃんのご飯はやっぱり美味しい」

敬一が空の丼を流に差しだした。

「よかったなぁ」

土瓶を持ってきて、こいしがふたりの湯呑に茶を注いだ。

「記憶があいまいだったのですが、義母の炊きこみご飯はこんなふうだったのですね」

丼の底をさらえながら、夕夏が流に言った。

「あとで詳しいに説明しますけど、正確には炊きこみご飯と違うんです。ご飯と具は別々に炊きますねん」

流は丼にご飯を盛り、その上からたっぷりの具を載せた。

「そうだったんですか。てっきり一緒に炊くものだと思い込んでいました」

「美味しいんだから、どっちでもいいじゃん」

敬一の言葉に、流と夕夏は顔を見合わせて笑った。

「まだまだようけあるさかいに、たんと食べてな」

こいしがそう言うと敬一が即座に反応した。

「クニちゃんとおんなじ言いかただ。ようけある……」

「そうやねん。おばあちゃんの田舎の大分と、関西はおんなじ言いかたをするんや。たくさんある、ていうのを、ようけある、て」

流が手で大きな円を作ってみせた。

「そう言えば、義母の故郷は大分のほうだって聞いたことがあります。たしかに、ようけ、って言ってました。でも、よく覚えているね、けいちゃん」

夕夏が頭を撫でると、敬一は得意そうに笑った。

「邦子はんにそれをたしかめるために、施設に伺いました。紅生姜で〈王〉の字を描いて、燃えるて言うてはった。それだけが唯一のヒントでしたさかいに。大分の臼杵《うすき》っちゅうとこには、昔から〈王〉の字を燃やす火祭がありますねん。京都の大文字みたいですけど、臼杵の人には馴染《なじ》みが深い行事ですわ。せやからきっと邦子はんの田舎は臼杵やろうと思うたんです。それさえ合うとったら、料理には心当たりがありましたんで、なんとか捜しあてることができました」

タブレットを操作して、流が夕夏と敬一に何葉かの写真を見せた。

「このお祭り見たい」

敬一が画面におおいかぶさった。

「赤い生姜とおんなじ〈王〉の字が勢いよう燃えるんや。おっちゃんも見てみたいわ」

「火祭と炊きこみご飯は何か関係があるのですか？」

夕夏が訊いた。

「火祭だけやおへんけど、臼杵では赤飯の代わりに、お祝いごとがあったりしたら、黄飯を炊くんやそうです。クチナシの実を使うて米を黄色ぅ染めたんですやろな。その上に載せたんが、かやくっちゅう具です。黄飯とかやくはセットみたいなもんです。それを混ぜたら炊きこみご飯みたいに見えたっちゅうわけで、おそらく邦子はんは臼杵のやり方で作ってはったと思います」

流の説明を神妙な面持ちで聞いていた敬一が口を開いた。

「クニちゃんが作ったんじゃなくて、おじちゃんが作ったんだけど美味しい。ママにも作れるかな」

「もちろんやがな」

「ほんとうに？」

上目遣いになって、敬一が夕夏の目をじっと見ている。

「あんなぁ敬一くん。料理で一番だいじなんは、作る人の気持ちやねん」

敬一と向かい合い、椅子に座って流が続ける。

「食べる人の顔を思い浮かべながら作るんや。美味しいて言うて食べてくれるかなぁ、たくさん食べて欲しいなぁ、と思いながら作るやろ。その気持ちが相手に通じて、美味しい顔して、たくさん食べてくれたら嬉しい。また次も美味しい料理作ろと思うわけや。ママはきっとそう思うて作らはるに決まってる。せやから絶対作れるっちゅうわけや」

流が話している最中、何度もうなずいていた敬一は、最後に夕夏の顔を見つめ直して満面の笑みを作った。

「敬一くん。もうひとつだいじなことがあるんや」

流が真っすぐに瞳を見つめると、敬一は背筋をピンと伸ばした。

「そうして作ってもろた料理を食べるほうも、作ってくれた人のことを思わんとあかんのや。自分のために一生懸命作ってくれはったことに感謝せんとあかん。分かるな？」

「うん」

「これからはクニちゃんに代わって、ママが作ってくれはるから、愉しみにしときや」

「でも……」

伏し目がちになって敬一が声を落とした。

「敬一くんはおばあちゃんのクニちゃんが大好きなんやな。そやからクニちゃんに作って欲しい。その気持ちはおっちゃんもよう分かる。けどな、交代せんならんときが来てしもたんや。たしか敬一くんは野球を観るのが好きやったな」

「うん。一番好き」

「そしたら分かるはずや。ピッチャーでもバッターでも、ここっちゅうときには交代するやろ？　疲れてしもたときとかに。それと一緒や。クニちゃんも疲れはったんやから休ませてあげんと。また次の試合でがんばってくれはる」

「うん。分かった。クニちゃんは疲れたから、ママと交代するんだね」

「そうや。敬一くんはかしこいな。すぐに話が分かるんや」

流が両肩に手を置くと、敬一は照れ笑いを浮かべた。

納得したのか、ふたたび箸を手にした敬一は、さっきにも増して勢い込んで食べ進めた。

「本当にありがとうございます。久しぶりの食べっぷりが何より嬉しいです」

夕夏が目を細めて敬一の口元を見つめた。

「レシピもお渡ししますね。お父ちゃん流の作り方やさかい、そない難しないと思います」

「レシピどおりやのうて、適当にアレンジしはったらよろしいんやで。今日はエソっちゅう魚のすり身を使うてますけど、なかなか手に入りまへんさかい、かまぼこの刻んだんでもいけます」

「何から何までありがとうございます。料理を作るのが愉しみになってきました」

レシピに目を通しながら、夕夏が目を輝かせた。

「あんじょう作ったげなはれや」

「でも、ひとつだけ不思議に思っていることがあるのですが」

黙々と箸を動かしている敬一を見ながら、夕夏が小声で流に問いかけた。

「なんです？」

流が声のトーンを下げた。

「義母はほかにもたくさんの料理を作って食べさせていたのに、敬一はなぜこの炊きこみご飯にこだわったのでしょう。あまり子どもが好きそうなものには思えないのですが」

「わしにもそこまでは分かりまへん。敬一くんの好みなんかもしれまへんけど。あくまでわしの想像ですけどな、たぶんこういうことやないかと思うんですわ」

流が郷土料理の本を開き、臼杵のページを夕夏に見せた。

「質素倹約を旨とし……、赤飯の代わりにクチナシの実をつぶして黄色いご飯を炊き……お祝いごとや労をねぎらうときに作られた料理……」

夕夏が説明文を読むと、流が言葉をはさんだ。

「テストの成績がよかったときやとか、運動会でがんばったときやとか、敬一くんになんぞええことがあったときに、邦子はんがこの料理を作って食べさせてはったんやないかと思います。せやから敬一くんのなかでは、嬉しいことと、この料理が重なるんと違いますやろか。料理を作るのにだいじなんは、食べるもんの身になることです。気持ちに寄り添うっちゅうことです。邦子はんは敬一くんの喜びを自分の喜びに重ねて、この料理を作ってはった。料理を作る側と食べる側が一緒に喜び合う。子どもながらに、敬一くんはそのことをちゃんと胸にしもうてはったんですやろ」

流がそう言うと、夕夏は瞳を潤ませた。

「自分の都合を敬一に押しつけていたのかもしれませんね。おっしゃることが身に沁《し》みます」

「そや、敬一くん、ママにこの料理を作ってもろて、クニちゃんに届けてあげたらどう？」

「うん。そうする。クニちゃんにも食べてもらう」

店に入ってきたときとは別人のように、やわらかな笑顔をふりまく敬一に、夕夏は穏やかなまなざしを向けた。

「そうそう、この前の食事代と合わせて、探偵料のお支払いを」

夕夏が財布を取りだした。

「うちは特に料金を決めてませんねん。お気持ちに見合う金額をこちらに振り込んでおいてください」

こいしがメモ用紙を夕夏に手渡した。

「承知しました。帰りましたらすぐに」

名残を惜しむかのように、ゆっくりとジャンパーを羽織った敬一が立ちあがり、夕夏がその肩に手を添えた。

「敬一くん、元気でがんばりや」

こいしが声を掛けると、敬一は小さくうなずいた。

「これでいいお正月を迎えられそうです。本当にありがとうございました」

夕夏が深々と頭を下げると、敬一がそれを真似た。

「どうぞ佳《よ》いお年を。ご安全に」

店の外に出て、流が夕夏に声を掛けた。

手をつないだふたりが、何度も振り返りながら正面通を西に向かって歩いていく。

流とこいしはその度に手を振って笑顔を向けた。

見送って、ふたりが店に戻ろうとすると、ひるねが飛びだしてきた。

「こら。店に入ったらあかんで」

「分かってるやんなぁ。ひるねのことも忘れんといて、て言いに出てきただけやわ」

屈みこんでこいしが喉をさすると、うっとりと目を閉じてから、ひるねは走り去っていった。

「今年ももうちょっとで終わりやなぁ。おかあちゃん、来年もよろしゅうに」

店に戻ってこいしが仏壇の前で正座した。

「あれもせなあかん、これも片づけなあかん、て忙しがってるんと違うか。ゆっくりしたらええんやで。のんびりしとき。正月は冥土の旅の一里塚や。わしももうすぐそっちへ行くさかいな」

線香をあげて、掬子の写真に流が語りかけた。

「まだ来んといて。もうちょっとひとりでゆっくりしたいさかい、ておかあちゃん言うてはる」

こいしが舌を出した。

「黄飯とかやく、掬子の好きそうな料理やな。ちょっと食うてみるか？」

流が立ちあがった。

「お母ちゃん、黄色も好きやったしな」

こいしがあとに続いた。

「ようゲンかついどったさかい、これで金運がようなるて喜びよる」

流は飯茶碗に黄飯をよそった。

「敬一くんがこの料理にこだわってたんがよう分かるわ。なんか食べたらええことがありそうな気がするもん」

こいしが上から具をたっぷり載せた。

「子どもは素直やさかい、直感で分かるんや。しあわせを呼ぶ料理やてな」

仏壇に供えて、ふたりが手を合わせた。

第五話　カツ弁

1

ＪＲ京都駅の八条口からタクシーに乗った菅埜《すがの》純子《じゅんこ》は、行先を告げながら、手書きのメモをドライバーに見せた。

「正面通の間之町通西……。南側の食堂。あそこに食堂があったかどうかは分かりまへんけど、とりあえず行ってみまひょ」

「ありがとうございます」

ホッとしたような顔つきで、純子は座席の背にもたれかかった。

生まれ故郷の蟹江《かにえ》町とは、距離でいえばさほど離れていないのだが、長い人生のなかで、京都にやってくる機会は決して多くはなかった。古希を越えて五年経《た》つこの歳《とし》になるまで、指折り数えて片手にも及ばない。

紺色のスーツに白いコートを羽織った純子は、ぼんやりと窓の外を見ていて、その横には大きな黒いトートバッグが置かれている。

「これから食事でっか」

ルームミラー越しにドライバーが訊《き》いた。

「え、ええ」

本来の目的は食事ではないのだが、話せば長くなりそうなので、適当な合槌《あいづち》を打っておいた。

「どちらから来はったんです？」

「九州です」

ドライバーも真剣に訊《たず》ねているふうではなく、愛想のつもりなのだろう。九州のどこなのか、までは訊ねてこない。

「さっきのメモの住所やと、たぶんこの辺や思うんでっけど、食堂の看板なんかありまへんで」

車を停《と》めて、ドライバーは通りの両側を見まわしている。

乗車してから五分と経っていないのに、もう着いたようだ。これなら歩けたかもしれない。

「じゃあここで降ります。看板のない食堂らしいので」

「よろしいんか。まぁ、京都にはけったいな店が多いさかいなぁ」

首をかしげながらドライバーは後部座席のドアを開けた。

勘の良さだけは、子どものころから数少ない自慢のタネだ。看板も暖簾《のれん》もない食堂というのは、おそらくこの家だろうと当たりを付けた純子は、コートを脱いでから、トートバッグを地面に置いて、迷うことなく引き戸を引いた。

「いらっしゃい」

食堂らしい雑多な香りとともに耳に届いた、若い女性の出迎える声は純子を安堵《あんど》させた。

「お約束していた菅埜純子ですが」

「お待ちしとりました。遠いとこからようこそ。京都は寒ぉすやろ。どうぞお掛けください」

厨房《ちゅうぼう》から出てきて、鴨川流がパイプ椅子を引いた。

「ありがとうございます」

畳んだコートとトートバッグを横の椅子に置いて、純子がゆっくりと腰かけた。

「茜さんとは古いお付き合いなんですか？」

鴨川こいしが純子に訊いた。

「主人が勤めていた食品会社が『料理春秋』に広告を出しておりまして、編集長の大道寺茜さんが博多に来られたときは、たいてい食事をご一緒させていただいております。かれこれ二十年ほどのお付き合いになるでしょうか」

「ご事情は茜から聞いとります。娘のこいしがお話をお伺いする前に、まずは簡単なお昼を召しあがってください」

「それを愉《たの》しみにしてまいりました。どうぞよろしくお願いいたします」

腰を浮かせて、純子が頭を下げた。

「お酒はどないしましょ」

「強いほうではないのですが、せっかくですから少しいただきます。飲みやすい京都の地酒はありますか？」

「『蒼空《そうくう》』の〈かすみ酒〉ていうお酒はどうですやろ。にごり酒みたいな白いお酒ですねんけど、ほんのり甘《あも》ぅて飲みやすい思います」

「じゃあそれをお願いします」

純子がそう答えると、こいしは厨房に入っていった。

博多に比べて、京都は春が遅いのだろうか。暖房が入っているようなのに、足元から冷えてくる。京の底冷えという言葉を聞いていたが、暦が春になってもそれを実感するとは思ってもいなかった。だがそれは、やせて皮下脂肪が薄くなったせいかもしれない。そう思いなおした。

太っていたころは、どうにかしてやせたいと思い、女友達と話していても、ダイエットのことはひんぱんに話題になったものだ。健康に歳を重ねれば女性は太って当たり前なのだと、今になって気付く。

食を捜してくれる探偵がいて、京都の料理屋の奥にその事務所がある、と大道寺から聞いたときは、きっとたいそうな料亭か割烹《かっぽう》店だろうと思った。それが大衆食堂なのだと付け足されても、ここまでの寂れは予想していなかった。

なぜならそこで出される料理が、割烹のおまかせ料理のような素晴らしさだと聞いたからだ。店のなかを見まわしてみて、逆立ちしてもそんな料理が出てきそうには思えない。

きっと期待を裏切る料理が出てくるのだろう。もっとも、半世紀以上も前のあの日から、よくも悪くも期待が裏切られることには、すっかり慣れてしまっているのだが。

とうの昔に更年期など済ませたはずなのに、ここ一年ほどの心の乱れかたは、そのときを越えて、ときに手を付けられなくなることがある。思っていたこととあまりに違うと、さっさと逃げ出したくなるのだ。

「お待たせしましたな。とうに春が来とるのに、まだまださぶぉすさかい、あったかいもんを多めにご用意しました」

そう言って、流が大きな折敷《おしき》を純子の前に置いた。

そこに並んだ料理をひと目見ただけで、良いほうに裏切ってくれたのだと確信した。塗りの折敷にはとりどりの器がちりばめられ、洗練された料理がずらりと並んでいる。

「簡単に料理の説明をさしてもらいます。左上の蓋もんには小蕪《こかぶ》の蟹餡《あん》かけが入ってます。刻み柚子《ゆず》を振って食べてください。その横の小皿に載ってるのは鹿肉の竜田揚げ、酢橘《すだち》を絞って召しあがってください。右端は小さいお好み焼きです。牡蠣《かき》と九条ネギを具にしてます。ソースのジュレが載ってますんで、溶けてきたら食べてください。その下のココットは堀川ごぼうとハマグリのグラタンふう。クリームの代わりに生湯葉を使《つこ》うてます。赤い柚子胡椒《こしょう》を付けてもろたら、味に変化がでます。その左のガラス皿に載ってるのは明石鯛《あかしだい》のお造り。胡麻《ごま》ダレをまぶしてますさかい、そのまま召しあがってください。辛いのがお好きやったら、わしが作ったラー油をちょこっと掛けてもろたらええと思います。真ん中の段の左端は、鴨ロースと下仁田《しもにた》ネギの重ね焼き、薄切りにした柚子を巻いて食べてください。その下の曲げわっぱは穴子の蒸し寿司《ずし》です。熱おすさかい火傷《やけど》せんように気ぃ付けてくださいや。下の段のまん中は牛ヒレの天ぷら。ニンニクがお嫌いやなかったら、揚げたニンニクの刻んだんを塩にまぶしながら食べてください。その右はスッポンのコンソメです。小さい揚げ餅を添えてますんで、一緒に召しあがってください。今日はご飯代わりに餡かけうどんを用意してますさかい、適当なとこでお声を掛けてください」

料理の説明を終えて、流は厨房に戻っていった。

長い人生のなかで、予想した八割は悪いほうに裏切られたが、二割はいいほうだった。今日はその二割のなかでもトップクラスの裏切られかただ。

「ボトルごと置いときますよって、好きなだけ飲んでください」

こいしが置いていった日本酒は中瓶だ。これほどの料理があって、若いころなら一本飲み尽くすのはそれほど難しいことではなかったが、今では半分も飲めないに違いない。しかしそれもうちのなかに限ってのこと。

三年前に連れ合いを亡くしてから、極力飲酒は控えている。飲むほどに心が乱れてしまい、歳相応の振る舞いができなくなるからである。

夫婦ともどもよく飲むほうで、ふたりで一升瓶を空けるほど飲むことも少なくなかった。それでも互いに乱れることなく、言い争うこともなければ、声を荒らげることすらなかった。ふたりでいるときは愉しい酒だったと思う。

それが急に変わったのは、夫の学《まなぶ》が亡くなってひとりになってからだ。苦い記憶を呑《の》みこんでから、慎重に杯《さかずき》に手を伸ばし、少しだけ酒をなめたあと、純子が最初に箸を付けたのは、鹿肉の竜田揚げだった。

子どものころから、揚げ物は一番の好物であり、最高のご馳走《ちそう》でもあった。火傷や手間がかかることを避けようとしてか、今は家庭で揚げ物をする機会が少ないと聞くが、むかしはどこの家庭でも、家族揃《そろ》っての夕餉《ゆうげ》に揚げたて熱々の揚げ物は定番だったように思う。

もっともそれは、父が無類の揚げ物好きだったことと、比較的裕福な家だったことによるのかもしれない。

酢橘を少し絞って口に運ぶと、鹿肉のクセなどまるで感じることもなく、噛《か》むほどに肉の旨《うま》みが舌に染みこんでいく。もしもこれが冷めていたら、どんな味になっていたのだろう。

揚げ物は熱々が命だと思っていたのに、冷めても美味《おい》しいどころか、冷たくなった揚げ物に、激しく心を動かされた、あのときの記憶は消えることはない。揚げ物を食べるたびにあの瞬間がよみがえってくる。

知らず杯に手が伸びていることに気付き、純子は思わず手を引っ込めた。

酒を味わうならいい。だが気を紛らすために飲んではいけない。自分にそう言い聞かせてから、ゆっくりと杯をかたむけた。

揚げ物の口直しには造りがいいだろう。

胡麻ダレをまぶした鯛の造りにラー油を一滴たらして食べると、中華ふうの刺身になるかと思いきや、純然たる日本料理のあと口しか残らないのが、なんとも不思議だ。

刺身のあとは、自然とまた揚げ物に箸が伸びる。

嫌いどころか、ニンニクは好物に入るので、揚げたニンニクをたっぷり掛けて、牛ヒレの天ぷらを口に入れた。

よほど手際がいいのだろう。これだけの品数の料理を一度に出しているのに、この天ぷらも揚げたて熱々だ。それでいてなかはレアに近い状態だから、すんなりと歯が入り、肉汁が舌の上に広がっていく。

「どないです。お口に合《お》うてますかいな。茜の話やと食べもんにはお詳しいかたやと」

「とんでもありません。主人が食品卸の会社におりましたものですから、仕事の関係であちこち食べ歩いてはおりますが、ただ食い意地が張っているだけで、経験も知識も乏しいものです。それでも、こちらのお料理がどれほど素晴らしいかは分かりますけど」

「お世辞でもそない言うてもろたら気が楽になります。どうぞゆっくり召しあがってください」

料理も酒もまだ多く残っているのをたしかめるように、視線を走らせてから、流が厨房に戻っていった。

流に向けた言葉はお世辞でもなんでもなく、正直な気持ちを伝えただけだ。学の仕事柄、ほかの夫婦より外食の機会が多かったのはたしかだが、それはいわゆる食通の人たちが通うような店ではなく、古くからの付き合いがある居酒屋だったり、取引上の付き合いがあるレストランがほとんどだった。

格別に美味しい店でなくても、ゆっくり酒を飲みながら食事のできる店を好んだ学は、食事だけでなく、何ごとにつけても自然の流れに逆らわない男だった。役職を欲しがるわけでもなく、そこそこの収入があればそれで充分だといつも言っていた。

ひとりで食事をすることが滅多になかったせいだろうか、今日もこの場に学がいるような気がしてしまう。にこにこ笑いながら杯をかたむける学が目に浮かぶ。

クルトンのように揚げ餅を入れて、スッポンのコンソメを飲み、曲げわっぱに入った蒸し寿司を食べ、杯の酒を飲みほした。

「ぼちぼち〆《しめ》をお持ちしまひょか」

絶妙のタイミングで流が出てきた。このままだときっと飲み過ぎてしまう。

「お願いします。お嬢さんもお待ちかねでしょうから」

「量はどないしまひょ。ひと玉でも半玉でも」

「餡かけおうどんでしたね。うどん好きなものですから、ひと玉いただきます」

「うどん発祥の地の博多にお住まいやさかい、いつも旨いうどんを食べてはると思いますけど、京都のうどんもたまにはよろしいやろ。すぐにお持ちしますわ。生姜《しょうが》は苦手やおへんか？」

「子どものころからの生姜好きです」

言い終わると同時に、流が純子にくるりと背中を向けた。

流が言ったとおり、博多はうどん蕎麦《そば》発祥の地と言われている。六十年近く前に博多に来てそのことを初めて知り、意外に思ったことを覚えている。名古屋の近くで生まれ育った純子は、讃岐《さぬき》か大阪がうどん発祥の地だろうと思っていた。名古屋名物のきしめんと違って、まるでコシのないうどんに拍子抜けしたものだ。京都のうどんはどんな味なのだろう。

思いを巡らす間もなく、銀盆に載せて、流がうどんを運んできた。

「具のないうどんを京都では素《す》うどんて言いますねん。さしずめこれは餡かけ素うどんですわ」

もうもうと湯気をあげるうどんからは、芳《かぐわ》しい出汁《だし》の香りが漂ってくる。

「餡かけなのにおつゆが澄んでいますね。真っ白いおうどんがなんとも美味しそうだこと」

「火傷せんように、ゆっくりと召しあがってください」

銀盆を小脇にはさんで、流がまた厨房に戻っていった。

湯気だけでなく、餡かけ汁《じゅ》の表面がときおり膨らんで、あぶくが立っている。いきなり口に運んだりすれば間違いなく火傷しそうだ。天盛りにされたおろし生姜までもが、ぷくりと膨らむあぶくに揺れている。

箸に三本ほどのうどんを絡め、しばらく息をふーふーと吹きかけてからそっと口に入れる。それでもあまりの熱さに思わず吐き出しそうになってしまう。それぐらい熱いのに、ちゃんと出汁の味が分かるのが不思議だ。

博多のうどんに負けず劣らずのやわらかい麺は、嚙みきるまでもなく、出汁の利いた餡と一緒に、口のなかではらりと崩れる。

ただ美味しいだけではない。ざわついた心を静かに鎮めるほど味わいが深い。ひょっとすると心のざわめきを治めようとして、流はこの餡かけうどんを〆に出してきたのかもしれない。そう思えるほど、純子は近ごろになく心を落ち着かせている。

食事の量はめっきり減ってしまったはずなのに、〆のうどんまで完食したことに、純子は驚きを通り越して、半ばあきれている。

「そろそろよろしいかいな」

流の声に我に返った純子は、箸を置くなり、いきなりすっくと立ちあがった。

「すみません。すっかりお食事に夢中になってしまって」

「ええんでっせ。ゆっくり召しあがってもらうために作ってるんですさかい」

突然立ちあがった純子の勢いに気圧《けお》されてか、流は思わず後ずさりした。

「ご案内いただけますか」

ハンカチで口元を拭いながら、純子は流のすぐ傍《そば》に歩みよった。

「奥のほうになってますんやが、そない急《せ》いてもらいでもええんでっせ」

苦笑いして流が先導し、純子はすぐそのあとを追った。

「これはぜんぶ鴨川さんがお作りになった料理でしょ。和洋中なんでもおできになるんですね」

廊下の両側の壁に貼られた写真に、純子が目を留めて歩みをゆるめた。

「なんでもできる、っちゅうのは裏を返したら、取り立てて得意なもんがない、っちゅうことにもなりますわ。いわゆる器用貧乏というやつですな」

立ちどまって流が振り向いた。

「ご謙遜をおっしゃっても、見れば分かりますよ。どれもとても美味しそう。先ほどいただいた料理もどれも素晴らしかったです」

「そない言うてもろたら、なんやこそばゆい気ぃもしまっけど、素直に喜んどきます」

「大道寺さんからお聞きしましたけど、奥さまを病気で亡くされたんですってね。お寂しいことでしょう」

　ツーショット写真の前で純子が足を止めた。

「おかげさんで忙しいさせてもろてますさかい、寂しがってるヒマがおへんのですわ」

　半笑いして、流が廊下の奥のドアをノックした。

「どうぞお入りください」

　ドアを内側から開けて、こいしが純子に笑みを向けた。

「あとはこいしにまかせますんで」

　流は廊下を戻っていった。

　部屋に入って、純子はこいしと向かい合って、ロングソファのまん中に腰かけた。

「菅埜純子さんでしたね。簡単でええので記入してもらえますか」

　こいしがローテーブルにバインダーを置いた。

　揃えた膝の上にバインダーを置いて、純子はすらすらとペンを走らせてからこいしに返した。

「お生まれは愛知県で、今のお住まいは博多。ご主人を亡くさはってからはひとり住まい。息子さんも娘さんも家庭を持ってはって、別に住んではる。特にお仕事はしてはらへん、と。で、どんな食を捜してはるんです？」

　申込書に目を通してから、顔をあげてこいしが純子と向き合った。

「作ってくれた人はカツ弁と呼んでました。アルマイトのお弁当箱のなかに、白いご飯が詰まっていて、その上にキャベツの千切りを敷いて、上に揚げ物が載ったお弁当です」

「カツ弁。初めて聞く言葉やなぁ。揚げもんの中身は何です？」

　ローテーブルにノートを広げて、こいしがペンをかまえた。

「それがよく分からないんですよ。気が動転していたせいもあって、中身をちゃんとたしかめずに食べてしまったので」

「コロモはどないでした？　天ぷら系か唐揚げ系か、それともフライか」

　こいしがイラストを描きはじめた。

「カツ弁とおっしゃっていたし、フライものだったのは間違いありません」

　こいしの手元に視線を落としながら、純子がきっぱりと答えた。

「お味はどないでした？」

「たぶんソース味だったと思います。キャベツやご飯にも味が染みていましたが、ご飯が茶色く染まってましたから、カツにソースがまぶしてあったんじゃないでしょうか」

「ソースカツ丼みたいな感じかなぁ」

タブレットを取りだしたこいしが、ディスプレイを操作して、料理の写真を映しだした。

「そうねぇ、こんな感じだったような気もするけど、カツがもっと小さかったような記憶があるんです。ひと口の大きさのカツが、キャベツの上にびっしり載っていたような」

記憶を辿《たど》るように、純子が左右に首をひねった。

「カツ弁ていうくらいやさかい、中身はお肉なんやろなぁ。豚か鶏《とり》か牛か。そうそう、そのカツ弁はどこで食べはったんですか」

「食べたのは列車のなかですが、それをいただいたのは愛知県の蟹江町。わたしのふるさとです」

「話がややこしいなってきたなぁ。そや。もうひとつだいじなこと訊くのん忘れてた。それっていつの話なんです？」

「十八歳のころだから、五十七年ほど前になるかしら」

「えらい昔の話なんや。五十七年前ていうたら、一九六二年。昭和三十七年か。東京オリンピックの二年前のことですねんね」

こいしはノートに数字を書き並べて、検索したタブレットの画面と見比べた。

「そうなりますね」

純子が遠くに目を遊ばせた。

「順を追うて話してもらわんとあきませんね」

ノートのページを繰って、こいしが手のひらで綴《と》じ目を二度ほど押さえた。

「何からお話をすればいいか。長くなってもかまいませんかしら」

「お話を聞くのがうちの仕事ですさかい、遠慮のう、なんぼでもしゃべってください」

立ちあがって、こいしが茶を淹《い》れる。

「ではお言葉に甘えて、長くなると思いますが、昔ばなしをさせていただきます」

背筋を伸ばした純子が、二度、三度と咳《せき》ばらいをして、昔がたりを始めた。

「わたしが生まれ育った蟹江の街は、名古屋からもそう遠くないのですが、取り立てて名所があるわけでもなく、目立った名産品もない、どこの地方にもあるようなふつうの街なんです。そこでうちの家は味醂《みりん》を作って生計を立てていました。それほど大きくはありませんが、今でも盛山《もりやま》本家という屋号で細々と商いを続けております」

「ということは、純子さんの旧姓は盛山ということですね」

こいしの問いかけに純子は黙ってうなずいて続ける。

「幼なじみというか、中学、高校とずっと一緒だった男性と、お付き合いらしきことになったのは高校二年生の春のことでした。半世紀以上も前のことですから、お付き合いと言っても、今の時代と比べれば幼いもので、手をつないで歩くのも恥ずかしかったくらいですから、同性のお友達とあまり変わりませんでした。それでもいつも一緒にいるものですから、周りから冷やかされたりして。まんざら悪い気もしませんでしたけどね」

純子が湯呑《ゆのみ》を取って口を湿らせた。

「なんやうらやましいような気もしますわ。初々しいていうたら失礼かもしれませんけど」

急須を手にしたこいしが、純子の湯呑に茶を注《つ》ぎ足した。

「関西では〈おぼこい〉って言うんでしたね。幼子のままごとのようなお付き合いを続けていたのですが、進路を決めなければならない時期になりました。相手の男性は大学に進むことを決めていましたから、どこの大学を受けるか、という話ばかりになりました。相手の男性は存命ですので、仮にGくんとしておきますと、Gくんは将来の日本を動かす仕事をしたいと常に言っていて、日本で一番有名な大学を目指していました」

純子の鼻が少しばかり高くなった。

「目指してもなかなか入れる大学と違いますよね。それは今も昔もあんまり変わらへんでしょ」

「もちろんそうなんですけど、Gくんはものすごく努力する秀才タイプなんです。高校のときの成績はいつも県内トップクラスでしたし、現役で合格する可能性が高いと言われていました。わたしもそれを自分のことのように誇らしく思っていましたし、両親はもちろん、家族ぐるみでGくんを応援していました」

「その時代には生まれてませんでしたけど、なんとのう、その空気は分かります。けど、肝心のGくんのおうちはどう思うてはったんです？」

「Gくんは早くにお父さんを亡くしていて、お母さんが女手ひとつで苦労に苦労を重ねて育て上げた男の子なんです。だから当然のことですが、お母さんの期待を一身に背負ってがんばっていました。必ず東京に出て立身出世物語を実現してくれるものと信じてられたと思います」

「今の時代でもそういうことはあるんやろけど、六十年近く前やったら、親はみんなそんな思いで子どもを育ててたんですやろね」

「こういう言い方は失礼だと思いますけど、Gくんのおうちはとても貧しかったし、息子に掛ける期待は人一倍大きかったのでしょう。そのことがわたしとGくんの運命を分けることになるとは、思ってもみませんでした」

　純子が深いため息をついた。

「うちにはまだぜんぜん分からへんのですけど、そのことがカツ弁につながるんですね」

「ええ。思いも掛けない事態になってしまって、わたしはひとり列車のなかで、カツ弁を食べることになってしまったんです」

「いったい何が起こったんです?」

　身を乗りだして、こいしが訊いた。

　よみがえった記憶に息を荒くしていた純子は、肩を上げ下げして呼吸を整えている。

その様子を横目にしながら、こいしはポットの湯を急須に注いだ。

「お話ししたようにGくんは期待の星でしたし、彼自身も上昇志向というか、理想主義に凝りかたまっているところがありました。政治家か官僚になって日本を動かしたい。日本中の人をしあわせにしたい。自分の母のような苦労をしなくても誰もが豊かに暮らせる世の中を、自分の手で作りたい。中学に入ったときから、ずっとそんな理想を掲げていました。中学から高校まで生徒会長を続けていましたし、もちろん学校の成績も断トツで一番。模試でも県内トップクラスを維持していました。わたしはそんなGくんを頼もしく思う反面、もっと肩の力を抜いて気楽に生きればいいのに、と思っていて、いつもGくんにもそう話していました。一番でなくてもいいし、大きなしあわせでなくて、小さなしあわせを続けるほうがいいんじゃないかって」

一気に語って喉が渇いたのか、純子はぬるい茶を一気に飲みほした。

「分かる気がするなぁ。男の人はそう思わはるかもしれんけど、うちらみたいな女子は、ちいちゃいしあわせが続くほうがよっぽど嬉《うれ》しい」

こいしは純子の湯呑にゆっくりと茶を注いだ。

「わたしの言うことなんか歯牙にも掛けなかったGくんでしたが、高校三年の夏休みのころから少しずつ考え方が変わってきたんです。わたしの考えに近づいてきたっていう感じでした。東京に行くことがすべてじゃないし、もっと言えば大学に行かなくてもいい。そんなことまで言いだすようになって」

湯呑を両手で包みこんで、純子は両肩をすとんと落とした。

「若いときて、ちょっとした切っ掛けでころっと変わることありますもんね。まだ考えが固まってへんのやと思いますけど、うちも友達に影響されることはようありました。それが恋人やったらよけい影響受けますよね」

　昔を思いだしているのか、こいしはノートに落書きをしている。

「わたしの考えがGくんに影響を与えたのは間違いありませんでした。もうそのころにはお互いに恋愛感情も芽生えていましたし。わたしは東京に行く気は毛頭ありませんでしたから、Gくんはわたしと離れることを寂しく思うようになっていたんだと思います」

「自然な流れやと思うけど、Gくんのお母さんは複雑な気持ちにならはったでしょうね」

「複雑なんてものじゃなく、ひどく落胆されたんです。朝早くから毎日懸命に働き続けてきたのは、ひとえにひとり息子の立身出世を夢見てのことだったでしょうから、当然のことだろうと思います。母親のことをだいじにしてきたGくんも、反抗期にも入っていたでしょうし、恋愛感情が優先してしまったからかもしれません。お母さんが必死で説得しても考えを変えることはありませんでした。Gくんは奨学金がもらえる地元の大学に進む決意をしました」

「そうなると複雑な気持ちになるのは純子さんのほうやね」

「おっしゃるとおりです。まさかそこまで考えを変えるとは思ってませんでしたし、東京行きを止めようとも思ってませんでしたから、お母さんの気持ちも代弁して説得したのですが、Gくんも一途《いちず》な性格ですから翻意することはありませんでした」

「それでどうなったんですか？」

　こいしが身を乗りだした。

「息子と別れてくれないか。そうお母さんに頼まれました」

深いため息をついて、純子が力なくソファにもたれかかった。

「辛《つら》い話やなぁ。向こうのお母さんの気持ちも分からんことないけど、純子さんもGくんもそれでしあわせになれるかどうか」

　こいしはノートにクエスチョンマークを書き連ねた。

「この歳になるまで、あれほど悩んだことはありませんでした。食事も喉を通らないし、何をする気にもなれない。ずっと部屋に閉じこもっていましたから、自殺でもするんじゃないかと思ったらしく、両親がしょっちゅう覗《のぞ》きに来ていました」

「そら親御さんも心配しはるやろねぇ。年ごろの娘がそんな状況に置かれたら親もたまりませんわ。うちまで息苦しいなってきた。コーヒーでも淹れますね。苦手なことないですか」

「いただきます。お水ももらえますか？」

純子が軽く咳ばらいをした。

水を出したあと、湯を沸かし、コーヒーをセットしてドリップの支度をする。こいしがカップをふたつ並べたのを合図としたかのように、純子がふたたび口を開いた。

「Gのことが本当に好きなら、Gの将来のことを思ってくれるのなら、どうか別れて欲しい。お母さんは土下座をしてわたしにそう言ったんです。これほど辛いことはありませんでした。Gくんのお母さんはとてもいい人で、将来お姑《しゅうとめ》さんになっても、この人となら仲良く暮らしてゆける。おませだったのか、わたしはそんなことまで考えていたくらいです。だから断ることができずにいました。そしてもうひとつ。どうやって別れるのか。そこも大きな悩みどころでした」

淡々と語る純子に、こいしが強い口調で言葉をはさんだ。

「嫌いになったわけでもないのに、なんで別れんとあかんのですか。Gくんの気持ちが変わらへんのやったら、ふたりでお母さんを説得したらええやないですか。それでもあかんかったら駆け落ちするいう手もあるんやし」

ふたつのコーヒーカップを、こいしがローテーブルに置いて、ソファに浅く腰かけた。

「もちろんそうも思いましたよ。泣いてどうなるわけでもないけど、泣くよりほかにすることがない。泣いているあいだだけは悩まなくてもいい。そんな時間でした。でも、結論を出さなきゃいけないときは必ずくるんです。だったら早く答えを出して楽になりたい。そうも思うようになりました」

コーヒーカップを手にしたまま、純子は口も付けずに壁の一点を見つめている。

「一生のことなんやけど、早《はよ》う答えを出して楽になりたいいう気持ちはほんまによう分かります。追い詰められたら誰でもそうなりますよね」

こいしの言葉にうなずいてから、純子はひと口も飲まずに、カップをソーサーに置いた。

「ほかに好きな人ができたから、と言ってGくんの前から去ってゆくしかない。わたしが出した結論です。Gくんと同じ街に住んで、同じ空気を吸うなんて、息苦しい思いはしたくない。蟹江の街を出よう。そう思ったんです」

「よう思いきらはりましたね。うちには絶対真似《まね》できひんわ」

「Gくんが好きだし、Gくんの将来を考えればそれが一番いい。そう思いました。幸いなことに、子どものころからとても親しくしている叔父が博多にいて、うちの親が事情を話すと、うちに来ればいい、と言ってくれたので、卒業を待たずに転校することにしました」

「純子さんはほんまに強い人なんや。ほんで母性も持ってはるんやろなぁ。そでなかったらそんな結論出せるはずないわ」

こいしが何度も首を振った。

「それほど大きな街ではありませんから、ヘンな噂《うわさ》が立ちはじめたら、あっという間に広まってしまいます。わたしが言いだしたら引かない性格だと分かっていましたから、家族も渋々ですが承諾してくれたので、Gくんのお母さんに決意を伝えて、その三日後には夜行列車で博多へ行くことにしました」

「夜行列車。そうか、まだ新幹線とかなかったんやね」

こいしがカップのコーヒーをひと口飲んだ。

「夜中の十一時過ぎに名古屋駅を発車する〈あさかぜ〉という夜行列車でしたから、家を出たのが夜の九時ごろだったと思います。Gくんの家に寄って、手紙をお母さんに渡したら、お母さんは、すまないね、本当にすまないね、許してね、わたしを一生恨んでいいから、そう言って泣き崩れました。ひょっとしてGくんが出てくるんじゃないかと思ったのですが、ちょうど塾に行っていて留守でした。そしてお母さんが、持たせてくれたのが、カツ弁だったのです」

「そうやったんですか。強烈な思い出のお弁当なんですね」

「Gの大好物で、明日食べさせようと思っていたけど、よかったら食べてください。そう言って風呂敷包みをわたしてくれたんです」

「それがカツ弁やったんや。Gくんが食べるはずやったんですね。どんな気持ちで食べはったんですか」

「二等座席に座ってね、頭のなかはからっぽだけど、胸はいっぱいで、お腹《なか》のことなんかまるで考えなかった。ときどきウトウトするんだけど、眠るまでにはいたらない。もう少しで九州だという辺りでカツ弁のことを思いだしたの。朝ご飯代わりに食べはじめたんだけど、いろんな思いがいっぺんに込みあげてきて、涙が止まらなくなったんです。最初はしくしく泣いてたんだけど、そのうちおんおん声をあげて泣きはじめてしまった。そしたら背中合わせに座っていたおばあさんが慰めてくれてね、抱きしめてくださった」

純子の頬をひと筋の涙が伝い、こいしは潤んだ瞳を小指で拭った。

「そのカツ弁を、今になって捜しだそうと思わはったんはなんでです？」

「夫の学が生きているときは、すっかりカツ弁のことなど忘れていました。潤沢とはいかないまでも、お金に不自由することもなく、豊かに暮らしていましたし、子どもにも恵まれて順調に育ちました。なんの不満もなく生きてきたのが、三年前に夫の学を亡くしたときから、急に寂しいというか、虚《むな》しい思いをするようになりました。生きていても、ちっとも愉しくないし、生き甲斐《がい》を感じることもまるでない。そんな毎日を送っていて、ふと思いだしたんです。あの日のこと。Gくんのこと。そしてカツ弁のこと。もしもあのとき、身を引くことなく、強引にGくんと一緒になっていたら、どんな人生になっただろう。そう思うと無性にあのカツ弁が食べたくなって。中身はどんなだったか、どんな思いでお母さんはわたしにあのカツ弁をわたしてくれたのか。今さらそれを知ったからといって、どうなるものでもないことは、よくよく分かっているのですが、最近ほら、終活って言葉をよく耳にしますでしょ。あれなんです。わたしの終活はカツ弁なの。ってダジャレじゃないですよ」

純子が泣き笑いした。

「よう分かりました。お父ちゃんにがんばって捜してもらいます。それで、もうちょっとヒントが欲しいんですけど、お訊ねしてもいいですか？」

「はい。お答えできることでしたら」

「Gくんは存命て言うてはりましたけど、お母さんは？」

こいしの問いに純子は即座に首を横に振った。

「分かりません」

「Gくんの実家はまだ蟹江町にあるんでしょ」

純子がまた首を横に振った。

「ありません。Gくんと一緒にお母さんも上京されたようです」

「転居先不明ていうことですか」

落胆したようにこいしが肩を落とした。

「Gくんはあのとき、わたしが心変わりしたことをきっと恨んでいると思いますから、まったく接触していません。わたしは高校の同窓会も一度も出席していませんし、今でもあの街では、純子は冷酷で非情な女だと思われているでしょう」

「それを甘んじて受け入れはるほど、Gくんへの愛情が深かったていうことなんですね」

「さあ、どうなのでしょう。それよりもGくんのお母さんを悲しませたくなかったという気持ちが強かったのだと思います」

純子は吹っ切れたような表情を見せた。

「もうちょっとだけ、カツ弁のことを訊かせてください。ご飯があってキャベツが敷いてあって、その上にソースの染みたフライが載ってた。ほかには何もありませんでした？　なんでもええので、もうちょっと思いだしてもらえませんやろか」

「とにかく、ふつうの精神状態じゃなかったですから、食べるというより、口に運ぶだけで精いっぱいで。どんな味だったかとか、まるで覚えていないんです。ひとつだけたしかなのは、冷めた揚げ物がなぜこんなに美味しいのだろうと思ったことです。ぜんぜん油っぽくないし、コロモもべちゃっとしてない。すごく不思議でした。そうだ。キャベツの横にアルミホイルに包まれて佃煮《つくだに》が付いていました。おしんこの代わりだったのでしょうね」

「何の佃煮です？」

「さあ、何だったのでしょう。お肉でなかったことだけはたしかなのですが」

「分かりました。お父ちゃんやったら、これで捜してきはるでしょう」

こいしがノートを閉じて、ペンを置いた。

「よろしくお願いします」

純子が頭を下げた。

「あんじょうお聞きしたんか」

食堂に戻ると、流が待ちかまえていた。

「お嬢さんにはお手を煩わせました。わたしの記憶があいまいなものですから」

「なんちゅうても六十年近くも前のことやさかいなぁ」

こいしが予防線を張った。

「たよんないことですんまへんなぁ。せいだい気張って捜しますさかいに」

こいしに向けて眉をひそめてから、流が純子に笑みを向けた。

「ひとつお願いがあるのですが」

そう言って純子がトートバッグから紫色の風呂敷包みを取りだした。

「これは？」

受けとって流が訊いた。

「もしも捜しだしていただけたら、このお弁当箱に詰めていただきたいんです」

純子が答えた。

「六十年近くも前のお弁当箱をちゃんと残してはったんですね」

こいしが目を見開いた。

「どうぞよろしくお願いいたします。今日のお勘定を」

純子がトートバッグから財布を取りだした。

「探偵料と一緒にいただきますんで、今日は大丈夫です」

こいしが答えた。

正面通を西に向かって歩きはじめた純子に一礼して、流とこいしが店に戻った。

「かなりの難問みたいやな」

流が先に口を開いた。

「茜さんから聞いてたと思うけど、今回は辿り着けへんのと違うかなぁ」

「そんな弱気なことでどないするねん。頼まれたことは、きちんと、精いっぱいやらな」

「それはそうやけど」

こいしは不安そうな顔つきで、流にノートを渡した。

2

二週間前とは打って変わって、京都は春らしい陽気に包まれていた。

若草色のスプリングコートを脱いだ純子は、JR京都駅の中央口から『鴨川食堂』

を目指して歩きはじめた。

駅の時計は午前十時を指していた。約束の時間まではまだ三十分ほどあるが、ゆっくり歩いていけば、ちょうどいい時間になるだろう。それにしても朝十時半までに来店して欲しいという、時間指定には何か意味があるのだろうか。おそらくランチタイムまでに食捜しの仕事を済ませたいということなのだろう。

捜しだしたという連絡をもらってから今の今まで、待ち焦がれる、という言葉以外に自分の感情を言い表すものは、まったく見つからなかった。

博多に移り住んでから、祇園山笠《やまかさ》の〈追い山〉が行われる夏の朝を心待ちにするようになったが、規模はうんと小さくても、故郷の『冨吉建速神社《とみよしたけはや》』の〈須成祭《すなり》〉を待ち焦がれる気持ちのほうがはるかに大きかった。

提灯《ちょうちん》を灯《とも》した船が川を上る〈宵祭〉をGと一緒に観《み》た夜のことは今も鮮明に覚えている。祭で気分が昂揚《こうよう》したせいもあって、ほんの一瞬だが手をつないで胸をときめかせた、あの手のひらの感触は忘れることができない。

その次の年の〈須成祭〉が始まると、居てもたってもも居られなくなった。〈宵祭〉に何が起こるだろうか。期待と不安がない交ぜになったまま、その夜を待ち焦がれたときとまったく同じ気持ちで、この三日間を過ごした。

自分の気持ちがどう動くのか、まったく予想できないまま、純子は『鴨川食堂』の引き戸を開けた。

「お待ちしとりました」

作務衣《さむえ》に身を包み、茶色の和帽子をかぶった流が出迎え、ブラックジーンズに白いシャツ、ソムリエエプロンを着けたこいしはそのうしろに控えている。

「愉しみにして参りました。どうぞよろしくお願いいたします」

深々と頭を下げる純子は、黄色いロングカーディガンの前を合わせた。

「準備はできとりまっさかい、いつでもお出しできます。すぐにお持ちしてもよろしいかいな」

「はい。わたしも食べる準備はできておりますので」

畳んだコートとトートバッグを横に置いて、純子がパイプ椅子に腰かけた。

「せわしいことですんません。お茶を置いときますよって」

こいしは土瓶と湯呑を置いて下がっていった。

土瓶から湯呑にほうじ茶を注ぎ、ふた口ほど飲んだところで、流が風呂敷包みを持ち、純子の傍らに立った。

「おそらくこんなカツ弁やったと思います。どうぞゆっくりと召しあがってください」

「ありがとうございます」

ふわりと腰を浮かせた純子が小さく頭を下げた。

紫色の風呂敷包みに触れただけで、指先から胸の奥底まで電流が走ったような気がした。

わずかに震える指先で結び目を解くと、黄色く変色したアルマイトの弁当箱が現れた。少しゆがんだ蓋のすき間から甘酸っぱい香りが漂ってくる。

もしかするとパンドラの箱なのかもしれない。そう思いながら開けずにおられなかった、あの日の記憶がよみがえってきた。

両手で持って、蓋を外そうとすると、金属どうしがこすれ合う、耳障りな音がした。

細かな水滴がびっしり付いた蓋裏を表向きにして、その上に弁当箱を重ねた。

茶色く染まった小ぶりのカツが表面を埋め、そのすき間からは千切りキャベツが顔を覗かせている。ご飯の姿がまったく見えないところも、あの日のカツ弁と同じだ。

空色をしたプラスティックの箸は、きっとGが愛用していたものに違いない。そう思っただけで心臓が破裂しそうなほど胸の鼓動が高まったあの日。

箸を手にした純子は、カツとキャベツと白飯を一緒に掬《すく》って口に運んだ。

ゆっくり、じっくり、味わいをたしかめるように嚙みしめる。こんな味だったような気もするが、ぜんぜん違っていたようにも思う。

カツにまぶしてあるのは中濃ソースのようだが、いくらか醬油《しょうゆ》の味も感じられる。いずれにせよ、ご飯によく合う味付けであることだけは間違いない。

同じことを二度繰り返した直後だった。〈宵祭〉の帰り途《みち》でGがぽつりと漏らした言葉が、どこかから聞こえてきたような気がしたのは、列車のなかとまったく同じだった。

――来年も再来年《さらいねん》も、その次の年も、またその次の年も、純ちゃんと一緒に〈宵祭〉を観たいな――

きっとその言葉どおりになると確信したのに。そのときから列車のなかで涙が止まらなくなったのだ。

二度と一緒に観ることができなくなったのは自分のせいなのか、Gのせいなのか、それともGの母親のせいなのか。それが分からずに赤子のように泣きじゃくってしまったのだ。

あの日と同じように声をあげて泣けば、どれほど気持ちが楽になるだろう。灰色に固まった胸のつかえがおりるだろうか。

三分の一ほど食べた辺りで、あの日のカツ弁と同じように佃煮が出てきた。箸でつまんでじっくり眺めてみると、どうやら貝を佃煮にしているようだ。佃煮にしてはあっさりしているそれは、ほんのひとつまみほどだ。箸休めというところだろう。

カツのコロモをはがして、中身を見てみたい気もするが、きっとあとで種明かしをしてくれるだろうから、あの日の列車のなかと同じように、何を揚げてあるのか分からないまま食べていくうちに、カツ弁が残り少なくなってきた。

はたしてこれが六十年近く前と同じ味かどうかは分からないが、深い味わいだということに驚いた。母ひとり子ひとりで、慎ましやかな暮らしぶりだと思っていたが、内情は少し違ったのかもしれない。

Gの好物で、週に一度か二度は、このカツ弁を朝ご飯代わりにしていると言って、Gの母親はこれを純子に手渡した。

当時、純子の家の朝ご飯と言えば、ご飯と味噌汁《みそしる》と海苔《のり》の佃煮、漬物くらいだった。それに比べればはるかにご馳走ではないか。

貧しい暮らしのなかでの、ただひとつの希望の光としてGの出世を夢見た母と息子だったからこそ、純子は身を引く覚悟を決めたのに。そう思うといくらか気持ちが萎えてしまった。

「どないでした？　捜してはったカツ弁とおんなじでしたか」

流が純子の傍らに立った。

「あいまいな記憶ですから、同じだったかどうかはよく分かりませんが、とても美味しいものだったのだ、というのは少し意外でした。お肉の代用品として何かを揚げていたのだろうと、長いあいだ思っていましたが、どうやら違ったようですね。贅沢《ぜいたく》なカツの中身は何だったんです？」

カツ弁の中身を少し残したままで純子が箸を置いた。

「順を追うてお話しさせてもろてもよろしいかいな」

「もちろんです」

「ほな、失礼して」

和帽子を脱いで、流が純子と向かい合う形で腰かけた。

「最初に種明かししますとな、これはハマグリのカツなんですわ」

「なんとなく高級な食材だろうなと思いましたが、ハマグリでしたか。贅沢なカツ弁だったのですね」

カツ弁を横目にして、純子が冷めた表情を見せた。

「たしかに今の時代やと、高級カツ弁になりまっけど、六十年近く前とは何もかも違いますさかい。それに加えて、Gくんのおうちの事情もありましたんで、贅沢とはほど遠いカツ弁やったと思います」

流が色褪《いろあ》せた写真をテーブルに置いた。

「これは？」

純子が写真に目を近づけた。

「三重県の桑名《くわな》にあるハマグリ屋はんに残ってた写真です。この右から二番目の女性がGくんのお母さんみたいですわ」

「そう言われれば、こんな人だったように思います。そう。たしかにこの人です」

じっと写真を見つめるうちに記憶が呼び覚まされたのか、純子が断言した。

「でも、なぜGくんのお母さんが桑名に？」

「ここが当時のGくんのお母さんの仕事場やったんです。このころはようけハマグリが採れたもんやさかい、その選別をする仕事は大忙しやったみたいです。Gくんのお母さんはここで毎日休むこともの う、朝から晩まで精出して働いてはったみたいです。女手ひとつで息子を育てるのは大変なことですわ」

「県はお隣ですけど、たしかに蟹江と桑名はそう離れていませんものね。そうでしたか。桑名のハマグリ屋さんで……」

「仮にお母さんのことをF子はんとしますと、F子はんは人一倍よう働いてはって、後輩の面倒見もええ人やったそうです。F子はんが仕事を辞めて上京しはる前に入らはった当時の新人さんが、今は最古参になってはるそうで、そのかたからいろいろとF子はんのことをお聞きしてきました」

「ひとつお訊ねしたいのですが、鴨川さんはどうやってF子さんのことをお知りになったんですか？」

「わしねぇ、今は食堂の主人をしてますけど、長いあいだ警察に勤めとりましてなぁ」

流が意味ありげな視線を向けると、純子はハッとしたような顔をして、こっくりとうなずいた。

「純子はんがGくんと呼んではるのは、警察官僚のトップまで昇りつめはった、あの人のことですやろ。蟹江町出身のGと聞いてピンと来ましたんや。伝説の人ですわ。一般にはあんまり出回ってまへんけど、退職されるときに回想録を出版しはりましてな、ここにふるさとのことやら、F子はんのことも書いてありますんや。わしらにとっては雲の上の、そのまた上の人ですわ」

流が冊子をテーブルに置いて、表紙を純子に向けた。

「すっかり偉くなったことは、テレビの国会中継なんかを観て知ってましたけど、Gくんはふるさとのことを忘れてなかったのですね。ホッとしました」

「忘れるどころか、蟹江という街に生まれていなかったら、今日の自分はなかった、とまで書いてはります。特にお母さんのF子はんのことは、書いても書いても書ききれん、っちゅう気持ちがよう出てます。一緒に上京して、警察組織に入るのを見届けるようにして、F子はんは亡くなったみたいです」

「そうでしたか」

「桑名のハマグリですけどな、純子はんが博多へ行かはったあとの昭和四十年代が漁獲高のピークやったみたいで、三千トンほども揚がったんやそうです。忙しかったやろ思います。F子はんの仕事はハマグリの殻をたたいて、売りもんになるかどうかを瞬時に判断する、っちゅう作業で、殻が割れとったり、鈍い音がするハマグリをハネてはったんですな。お店に頼んで、それを持って帰って、カツにしたり天ぷらにしておかずにしてはった。せやから、もちろんほんまに好物やったかも分かりまへんけど、息子のGさんにとっては、母親の苦労が染み付いたハマグリやと思うて、好んで食べてはったんやと思います」

「話は聞いてみないと分からないものですね。今のお話を聞かなければ、勘違いしたままだったかもしれません。カツ弁はとても贅沢なお弁当だったのかと」

「Gさんにとっては、最高に贅沢なおふくろの味やったんでしょうな。味もやけど、F子はんの心が最高のご馳走やった」

「それくらいたいせつにしてはったカツ弁を、お弁当箱ごと渡さはったんは、お母さんの精いっぱいの気持ちやったんと違います？　F子さんは純子さんに申しわけないと思う気持ちを込めはったんや」

　こいしが横から言葉をはさんだ。

「F子さんだけじゃない。わたしだって、精いっぱいの気持ちを形にしましたよ。何もかも捨てたんですから。ふるさとも、家族も、そして一番愛している人も」

　堰《せき》を切ったように、純子の目から涙が溢《あふ》れ出た。

「純子はんの気持ちはよう分かります。けど、あなたの決断によって誰か不幸になりましたやろか。人生を狂わされた、そう思う人がひとりでも出ましたやろか」

　流の言葉に、純子は溢れ出る涙を拭いながら、ゆっくりと顔を左右に向けた。

「辛かったやろ思います。悔しかったかもしれまへん。なんぼ愛する人のためやというても、なんで自分がこんな目に遭わんならんのや。そう思わはって当然です。後ろ指さされてもええ。罵詈《ばり》雑言を浴びてもええ。この人と一緒に生きて行くんや。ほんまはそう叫びたかったやろうと思います。けど、あなたは、そうなさらなんだ。自分を生かすより、捨てるほうを選ばはった。立派なことやないですか」

純子の首の動きが縦に変わり、小さく嗚咽《おえつ》がもれはじめた。

「立派やと思うけど、こんなせつないこともない。うちには無理やわ」

こいしが深いため息をついた。

「慣れてへんとハマグリを殻から取りだすのに手こずります。身を取りだして、軽ぅ塩胡椒します。薄力粉、溶き玉子、細目のパン粉の順番に付けて揚げます。このときにコメ油を使うのが、冷めても美味しい食べられるコツです。桑名では昔からコメ油をよう使うとったみたいです。弁当に添えてあったんはハマグリのしぐれ煮ですわ。佃煮よりあっさり味に炊いたもんで、その煮汁とウスターソースを混ぜたタレをカツに染みこませて味付けする。弁当箱に白ご飯を敷いて、千切りキャベツを載せて、その上にハマグリカツを載せて弁当箱の蓋をする。半日ほど寝かせたころがちょうど味がキャベツとご飯にも染みて食べごろになるんですわ」

流がカツ弁の作り方を純子に教えた。

「出来たてより、時間を置いたほうが美味しいもんもあるんやなぁ」

こいしが弁当箱に目を遣《や》った。

「十時半という時間にはそういう意味があったんですね」

いとおしむように純子が弁当箱を撫《な》でた。

「念のために当時の時刻表を調べてみましたんや。昭和三十七年ころやったら、たぶんこのダイヤで〈あさかぜ〉は運行されとったやろうと思います。名古屋を出たんは二十三時二十一分。夜中の二時ごろに大阪、博多着は十一時五十五分。純子はんがカツ弁を食べはったんは十時半に下関に着いたころやないかと思いましたんで、それに合わせたんですわ。Gさんの回想録に、――母は毎晩七時前に帰宅し、わたしに夕食を食べさせたあと、すぐに翌日の弁当を作っていた――て書いてありましたさかい、わしも夕べ、それくらいの時間にこのカツ弁を作らせてもらいました。こういう弁当は時間の経過によって味が変わりますさかいな」

流が時刻表のコピーを見せた。

「そこまでしていただけてしあわせです」

「お父ちゃんは完璧主義やさかい」

こいしが嬉《うれ》しそうに言った。

「ありがとうございます。これですっきりしました。この前のお食事の分と併せてお支払いを」

純子がトートバッグから財布を取りだした。

「お気持ちに見合《みお》うた金額をこちらに振り込んでもらうことになってますんで、よろしゅうお願いします」

こいしがメモ用紙を手渡した。

「承知しました。戻りましたらすぐに」

メモを折りたたんで財布にしまった純子は、トートバッグとコートを手にして立ちあがった。

「どうぞお気を付けて」

流とこいしが店の前に並んだ。

正面通を西に向かって歩く純子は、二週間前よりも小さく見えた。

「ようそんな古い時刻表見つけてきたなぁ。さすがお父ちゃんや」

店に戻るなり、こいしが流の背中をはたいた。

「痛いがな。お父ちゃんが元刑事やったたっちゅうことを忘れたらあかんで」

一瞬顔をしかめたあと、流が鼻を高くした。

「えらいこっちゃ。お弁当箱、返すの忘れたやん。まだ間に合うやろか」

アルマイトの弁当箱を見つけたこいしが、慌てて手に取った。

「もう要らんさかいに置いていかはったんや」

「けど、六十年近くもだいじに残してはったもんやで」

「その区切りをつけるために、うちへ来はったんやがな」

「区切りて？」

「ご主人が亡《の》うならはって、純子はんは寂しいなって、カツ弁やら、その当時のことを思いださはった。なんやモヤモヤするもんが出てきて、それを引きずったまま、あっちでご主人に会うのが嫌やったんやと思う。茜から聞いたんやが、純子はんは去年の暮れに、余命半年やて医者から言われはったそうや」

　流が仏壇の前に正座した。

「そうやったんか。思い出を整理してから、向こうでご主人と会いたかったんか。ええ話やなぁ。お父ちゃんは、そういうモヤモヤはないやろな」

　こいしが線香に火を点《つ》けた。

「そんなもんあるかい。いつでも掬子に会いに行けるわいな」

「こんなん言うてはるけど、ほんまやどうや分からへんよ。そっちに行かはったら、お母ちゃん、きっちり追及しいや」

　こいしが手を合わせた。

第六話　お好み焼き

1

沖縄那覇空港からは二時間ほどのフライトで関西国際空港に着く。沖縄よりいくらか温度は低いものの、湿度はあきらかにこちらのほうが高いので蒸し暑く感じる。梅雨の明けた沖縄から、梅雨まっただ中の京都への旅だ。

糸数幸一《いとかずこういち》は手荷物を受け取って〈特急はるか〉で京都へ向かった。

京都駅前の新しいホテルに勤めることが決まっている幸一にとっては、その下見もかねた京都旅だが、一番の目的は食捜しである。

二十代も半ばになり、これまでとはまったく違う方向に舵《かじ》を切ろうとするにあたって、ひとつだけ乗り越えておきたい壁があり、それには、あの食をもう一度食べる必要があると思っている。

白いチノパンに花柄のかりゆしシャツを着た幸一は、列車のなかでは場違いにも見える。ゆっくり車窓の景色を愉《たの》しむひまもなく、〈特急はるか〉はあっという間に京都駅に着いた。長いホームを歩き、中央口から出た幸一は手描きの地図を広げ、京都タワーを見上げた。

幸一は高い建築物が好きだ。高校を卒業してすぐに就職したのも、海を見下ろす十三階建ての高層ホテルだった。就職説明会のとき、青空に屹立《きつりつ》する白いホテルを見上げ、仕事の内容も聞かずに就職希望を伝えたのだった。

信号をわたって、京都タワーの横を通りすぎて、真っすぐ北に向かって歩く。

ホテルの料飲部長の比嘉《ひが》が書いてくれた道順どおりに歩くと七条通に出て、イラストと同じ『東本願寺』が見えてきた。この寺の本堂らしき建物の屋根も驚くほど高い。

「てっぺんは見上げるだけでいい。てっぺんなんて目指すな」

父幸信《こうしん》の言葉で胸に残っているのは、たったふたつだけ。もうひとつは、

「人の上に立とうと思うな。地べたをはいずりまわってでもいいから、自分の好きなことをやれ」

どっちも言っていることは似たようなものだ。そんな言葉を地で行く人生を歩んだ幸信は、今ごろどこでどうしているのだろう。生きているのか、死んでしまったのかすら分からない。

七条通を北にわたってしばらく歩くと、今回の旅の目的である、食捜しの探偵事務所に近づいてきたようだ。比嘉が赤い字でゴールと書いてくれている印はすぐそこ。

道行く僧侶に訊《たず》ねてみる。

「すみません。『鴨川食堂』というお店に行きたいのですが、この辺にありますか?」

「鴨川はんとこやったら、その通りを越えてすぐ右手にあるわ」

きれいに剃《そ》りあげた頭に汗の粒を光らせ、年老いた僧侶が答えた。

沖縄ではめったに見かけないお坊さんが、ふつうに歩いているのも不思議な光景だ。

「ありがとうございます」

「食を捜してはるんか?」

「ええ。よくお分かりで」

「なんぞ迷うてはることがおありですんやろ。無事に解決することを祈っております」

僧侶が手を合わせた。

僧侶の言葉にしたがえばこの家になるのだろうが、どこからどう見ても食堂には見えない。

幸一は思い切って引き戸を開けた。

「こんにちは」

しばらく待ってもなんの反応もない。幸一はもう一度声をあげた。

「こんにちは」

「すんません、ちょっと待っててくださいね」

今度は若い女性の声が奥のほうから返ってきた。

「急ぎませんからいくらでも待ちますよ」

幸一は苦笑いしながら後ろ手で引き戸を閉めた。

ひとりも客はいないが、テーブル席もカウンター席もあり、暖簾《のれん》の奥は厨房になっているようだ。昆布出汁《だし》のような匂いが漂ってくるが、揚げ物の残り香も感じる。たしかにここは食堂だ。だが探偵事務所はどこにあるのだろう。みじんもそんな気配は感じない。

「お待たせしました。お食事ですか。それとも……」

黒のパンツに白いシャツ。ソムリエエプロンを着けた女性が奥から出てきたが、いかにも食堂とは不似合いだ。

目が合うと幸一はどぎまぎした。好みのタイプにぴったりなのだ。

「こちらで食を捜していただけると聞いたのですが」

おそるおそるといったふうに幸一が訊《き》いた。

「そっちのお客さんやったんですか。まぁそちらにお掛けください。うちが『鴨川探偵事務所』の所長の鴨川こいしです」

こいしがにこりと微笑《ほほえ》んだ。

「沖縄から来ました、糸数幸一といいます。どうぞよろしくお願いいたします」

しゃちこばって、幸一が一礼した。

「お客さんか?」

茶色い作務衣《さむえ》に身を包んだ板前らしき男性が奥から出てきた。

「探偵のほうのお客さん。沖縄から来はった糸数さんや」

「えらい遠いとこからお越しいただいて。食堂の主人をしとります鴨川流です。こいしがお話を聞かせてもらいますんやが、その前にお食事でもどないです？　おまかせでよかったらお作りしますけど」

流が茶色い和帽子を脱いだ。

「ありがとうございます。お言葉に甘えていいですか。ここを教えてくれた比嘉部長もぜひ食べてこいと言ってましたので、お腹《なか》を空《す》かせてきました」

幸一が腹をおさえた。

「比嘉部長さんて、ひょっとしたら『ラグーンガーデンホテル』のかたでっか？」

流が訊いた。

「はい。上司なんです」

幸一が名刺を差しだした。

「あのホテルに勤めてはるんですか。うらやましいこっちゃ。向こうはもう梅雨も明けて夏になってますんやろなぁ」

「沖縄は今が一番いい時季です。比嘉部長からは何も聞いてませんが、鴨川さんとはお知り合いなんですか」

「知り合いいっちゅうほどやおへん。以前に神戸《こうべ》のホテルに勤めてはったんですけど、そのときに家内と一緒にお世話になりましてな。沖縄のホテルに移らはって、何べんも案内をいただいとるのに行けずじまいですんや」

「そうだったんですか。ぜひ一度お越しください。って言いながら僕は京都のホテルに勤めることになりそうなのですが」

幸一の顔がかすかに曇った。

「話はあとにして、お父ちゃん早《はよ》ぅ料理出したげな。お腹空かせてはるんやし」

こいしが急《せ》かした。

幸一が年上の女性に好感を持つのは、こういう気遣いができるからだ。

「そやな。ほな少しだけ待っとぉくれやっしゃ。すぐにご用意しますさかいに」

和帽子をかぶり直して、流が厨房《ちゅうぼう》に入っていった。

キャリーバッグを店の隅に置いて、幸一が赤いビニール張りのパイプ椅子に腰かけた。

「お酒はどうしましょ。泡盛は置いてませんけど、焼酎やったらあります」

「ビールがあれば」

「オリオンビールと違うけどよろしい？」

「はい。なんでも。ビールが大好きなので」

「喉かわいてはるやろから、先にお持ちしますわ」

こいしが流のあとに続いた。

食堂にひとり残った幸一は、あらためて店のなかを見まわしている。

看板も暖簾もなく、営業しているのかどうかも分からない店。比嘉から聞いたとおりの店である。レストランの仕事にたずさわってきた勘を頼るなら、間違いなく美味《おい》しい料理が食べられるはずだ。それにしても、なぜひとりも客がいないのだろう。今日がたまたまなのか、いつも似たようなものなのか。なんとも不思議な店だ。

「あいにくサーバーを置いてへんので、瓶ビールになりますけど、これやったら何本でもありますさかい、追加が要るようやったら声掛けてくださいね」

ビールの大瓶とグラスを置いて、こいしが戻っていった。

自分で注《つ》いだビールを幸一は一気に飲みほす。間髪をいれずにもう一度注いだビールもまた飲みほした。それを三度ほど繰り返したときに、銀盆に載せた料理を流が運んできた。

「お待たせしましたな。梅雨じぶんは、あんまり旨《うま》いもんはおへんけど、お腹が空いとったら、美味しい食べてもらえますやろ」

「ありがとうございます。すごいご馳走《ちそう》ですね」

流がテーブルに料理を並べはじめると、幸一は目を輝かせた。

「縁高《ふちだか》っちゅう、お茶席やらで使う弁当箱に料理を詰めさせてもらいました。ちょっと見えにくいかもしれまへんけど、サイマキ海老《えび》の天ぷら、蛸《たこ》の旨煮、鰆《さわら》の西京焼《さいきょうや》が奥のほうに入ってます。真ん中の笹《ささ》の葉に包んでるのは煮穴子のおこわ蒸し、その横は九条ネギの出汁巻き玉子と鴨のつくね。右は小芋の炊いたん、手前に並んでるのは鮃《ひらめ》と細魚《さより》の昆布〆《こぶじめ》。貝殻に入ってるのは鮑《あわび》の酒蒸しです。とりあえずこれでビールを飲んどってください。若いかたはこれでは物足りんやろさかい、あとで主菜を持ってきますわ」

料理の説明を終えて、銀盆を小脇に抱えた流は厨房に戻っていった。

漆器の四角い重箱に料理が盛られている。仕切り板などはなく、適当に並べられているようでいて、その美しさは箸を付けるのをためらってしまうほどだ。幸一は日本庭園を思い浮かべた。

サービス担当なので、自分では料理をしないが、その分冷静に評価できる。同じ料理でも比嘉が盛りつけたものと、ほかの料理人が盛りつけたものとは簡単に区別できる。決して整然と並んでいるわけではないが、見た目にも美味しそうと思える盛りつけなのだ。

その比嘉でも敵《かな》わないほどに美しい盛りつけを、ひとしきり眺めたあと、幸一は両手を合わせてから箸を手に取った。

幸一が最初に箸を付けたのは鰆の西京焼だった。

魚などの切り身を白味噌《しろみそ》に漬け込んでから焼く料理を西京焼と呼ぶことを知識として知ってはいたものの、それを実際に食べるのは初めてのことだ。思ったほど甘くなく、あと口はさっぱりしているが、魚の旨みはしっかりと舌に残る。さすが本場の和食はひと味もふた味も違う。

ネギを包んだ出汁巻き玉子を口に入れると、なんとも気持ちがあたたかくなる。出汁の味を強く感じるわけではないが、その名のとおり、これが出汁巻き玉子なのだと実感できる味わいだ。

あっという間に瓶ビールが空になった。

「すみません。ビールをお願いできますか」

立ちあがって、幸一が厨房に向かって声を掛けた。

「さすがに沖縄の人はよう飲まはるわ」

小走りになって、こいしが瓶ビールを持ってきた。

「沖縄の人がみんな酒飲みだってことはないと思いますよ」

受け取って幸一が苦笑いした。

「けど、泡盛とかガンガン飲んではるんでしょ？」

「オヤジの世代とか、先輩たちはそんな感じですけど、僕らみたいな若者はそれほど飲まないですよ。泡盛じゃなくてビールとかワインとかですし」

言いながら、幸一は瓶ビールを傾けてグラスに注いだ。

「料理のほうはどうです？　お口に合いますか」

重箱のなかを覗《のぞ》きながら、こいしが訊いた。

「すごく美味しいです。沖縄ではなかなかこんな日本料理は食べられません」

「日本料理いうほどやないけど、お父ちゃんは料理じょうずやから。ビールが足らんようになったら言うてくださいね」

軽く微笑んで、こいしが戻っていった。

貝殻に入った鮑は分厚く切ってある。嚙《か》み切れるかどうかと思いながら嚙んでみると、思いがけずすんなり歯が入った。沖縄では生で食べるのがほとんどなので、蒸した鮑がこれほどやわらかくなるとは思ってもみなかった。

最初はかまぼこみたいだと思ったが、嚙みしめると貝のエキスが染みだしてきて、口のなかに磯《いそ》の香りが広がってゆく。

生で食べるときのコリコリした食感も好きだが、やわらかく蒸した鮑のほうが味が深い。うなずきながら幸一が味わっていると、肉の香りをまとって、流が厨房から出てきた。

「沖縄の人は肉が好きやろさかいに、牛肉を鉄板焼にしました。熱いうちに食べてください」

木皿の上に載った鉄板からは湯気が立ち上り、芳《こう》ばしい香りがテーブルいっぱいに広がる。幸一は思わず湯気に顔を近づけて鼻から匂いを吸い込んだ。

「タレは三種類用意しました。酢橘醬油《すだちしょうゆ》、山椒胡麻《さんしょうごま》、ウスターソース。薬味は和辛子、おろしニンニク、刻みわさび、柚子胡椒《ゆずこしょう》と大葉。適当にアレンジして召しあがってください。あとでご飯をお持ちしますわ」

小鉢と小皿を並べ終えて流はまた厨房に戻っていった。

酒好きと同じく肉好きというのも、本土の人が作りあげたイメージなのだろうが、あたらずといえども遠からずだろう。牛肉だけでなく豚肉もよく食べるし、山羊《やぎ》肉なんてものまで食べるのだから、肉好きと言われても反論はできない。

さっきまでの繊細な料理と違って、ただ肉を焼いただけの荒っぽい料理だが、それでも切り身の断面を見ると、そのていねいな仕事ぶりに驚かされる。

鉄板の余熱を計算してのことだろうが、レアより浅いブルーレアといった感じだ。赤身の肉はおそらくモモだろうがヒレにも見えてしまう。ひと切れ箸で取って、酢橘醤油に付けてから口に入れた。

しっかりした歯ごたえはやはりモモ肉だろう。噛むほどに肉汁が溢《あふ》れ出てくる。呑《の》み込むのが惜しい気もするが、早くふた切れ目を食べたいと思う気持ちが先に立つ。ふた切れ目は和辛子とウスターソースで食べたが、別の部位かと思うほど味わいが変わった。

「どないです。二五〇グラムほどですけど、足りんようやったら、まだ肉はありますさかいに言うてくれはったら焼きまっせ」

流がお櫃《ひつ》と飯茶碗《めしぢゃわん》を持ってきてテーブルに置いた。

「これくらいで充分です。お嬢さんをお待たせしているでしょうから、急いで食べます」

幸一はお櫃の蓋を外し、しゃもじで飯をよそった。

「そない急いでもらわんでもどうもおへん。ゆっくり味おうて食べてください。お茶も置いときます」

益子《ましこ》焼の大きな土瓶と砥部《とべ》焼の湯呑《ゆのみ》を置いて、流が背中を向けた。

京都の言葉に慣れていないから、正確な意味合いはよく分からないが、どうもおへん、というのは大丈夫という意味なのだろう。何かにつけて〈なんくるないさー〉と言っていた父親の背中と流の背中が重なって見えた。

たいていは落ち込んでいるときだった。試験に落ちたとき。彼女にふられたとき。試合に負けたとき。いつも父、幸信は〈なんくるないさー〉と言って笑い飛ばしていた。幸信はなぐさめていたつもりだったのだろうが、その、あっけらかんとした笑顔のせいもあって、無性に腹が立った。どうせ他人事《ひとごと》だから、幸信はそう思っているようにしか見えなかった。

幸信のことを思いだすと、食欲が落ちてしまうのはいつものことだが、さすがにこれほどの肉を前にすると、箸が止まることはない。白飯の上に肉を載せると、より一層食欲が増す。幸信の顔を脳裏から消そうとして、お茶を飲むのも忘れ、肉と白飯をかっ込んだ。

少しばかり京都の予習をしてきたので、こういう家の作りを鰻《うなぎ》の寝床と呼ぶことは知っていたが、表構えからは想像もつかないほどの奥行には驚くしかない。どちらかと言えば横に長い沖縄の家とはまったく逆だ。

探偵事務所は店のいちばん奥にあるらしく、流が先導して細長い廊下を歩く。その両側にはびっしりと写真が貼られ、ほとんどは料理写真だ。幸一が注目したのは、その料理のバリエーションの豊富さだ。

「これはぜんぶ鴨川さんがお作りになった料理ですか？」

「わしはレシピてなもんを書き残さんので、メモ代わりに写真に撮っときますんや。そうせんと何を作ったか、忘れてしまいますさかいな」

幸一の問いに流は振り向いて答えた。

幸一が勤めている『ラグーンガーデンホテル』には和洋中とり交ぜて五つのレストランバーがあるが、そこで出される料理に加えて宴会やパーティーの料理まで、すべてを鴨川流ひとりで作っているのと変わらない。いったいどんな修業を積めばこれほどの料理をこなせるようになるのか。

そんな幸一の疑問を見透かしたように、流が両側の写真を見まわした。

「なんでも自分で作ってみたい性格ですさかい、いろんな料理を手掛けてきましたけど、これっちゅう得意料理はありまへん。器用貧乏というやつですわ」

自嘲気味に顔半分で笑った流は、前を向いて歩きだした。

腕に自信があるからこそ謙遜できるのだろう。作務衣姿の背中が大きく見える。

「あとは娘にまかせますさかい」

突き当たりの部屋のドアをノックして、流は身体《からだ》の向きを変えた。

「どうぞお入りください」

ドアを開けたこいしが幸一を迎え入れた。

「失礼します」

緊張した面持ちで部屋に入った幸一は深く腰を折った。

「そんな固《かと》ぅならんでええんですよ。取って食べませんし、どうぞお掛けください」

笑みを浮かべて、こいしがロングソファを奨《すす》めた。

「面接のときを思いだしてしまって」

額に薄《うっす》らと汗をかいているのは、食捜しの本題に入るからだけではなく、さほど広くない部屋に若い女性とふたりだけで向かい合うからでもある。奔放な父とは正反対に幸一はおくてだと自覚している。

若い女性の多い職場ながら、長いあいだ恋人と呼べる相手もなく、いつも比嘉にはっぱを掛けられている始末だ。京都に移り住めばいい出会いがあるだろうと期待していただけに、食捜しの探偵がこいしだったことは幸先《さいさき》がいい。

「早速ですけど、申込書に記入してもらえますか。簡単でええので」

向かい合って座るこいしが、ローテーブルにバインダーを置いた。

「はい」

すぐさま受け取って、幸一はバインダーを膝の上に置き、じっくりと書き込んだ。

「こんな感じでよろしいでしょうか」

書き終えて、幸一がバインダーをこいしに返した。

「糸数幸一さん。二十六歳、独身。ホテルレストラン勤務。沖縄に住んではるんやね。うらやましいなぁ。うちはいっぺんも行ったことないんです。冬でもあったかいんでしょ？」

「はい」

幸一が短く答えた。

「どんな食を捜してはるんです？」

こいしはローテーブルにバインダーを置いてノートを開いた。

「お好み焼きです」

「沖縄にもお好み焼きてあるんですか」

「いちおうありますけど、たぶん内地ほど一般的ではないと思います」

「でも沖縄で食べはったんでしょ？」

「はい。父が作ってくれました」

「ご家族はお母さんと妹さんの三人になってますけど」

こいしが首をかしげた。

「父は四年前に母と離婚して、単身渡米しましたが、その後は行方不明なんです。いなくなる直前に父が作って食べさせてくれたお好み焼きをもう一度食べたいんです」

「いろいろ事情がありそうやね。込み入ったことを訊くかもしれんけど、話せる範囲でええから答えてくださいね」

「はい。なんでも訊いてください」

「お茶かコーヒーかどっちがええかな」

こいしが立ちあがった。

「コーヒーをいただきます。手伝いましょうか」

幸一も立ちあがった。

「幸一さんはお客さんやから座っててくれたらええんですよ」

苦笑しながらこいしがコーヒーメーカーの電源を入れ、カップをポットの湯で温める。こいしの所作に目を奪われていた幸一は、振り向いたこいしと目があった瞬間、思わず視線をそらした。

「どんなお好み焼きやったんですか」

座り直して、こいしがペンをかまえた。

「父とは一緒に過ごす時間がほとんどなかったんです。その父親がたった一度だけ僕に食事を作ってくれて、それがお好み焼きでした。驚きと戸惑いばかり先に立ってしまって、ゆっくり味わう余裕もありませんでしたから、正直なところ、あまりよく覚えていないんです」

「今は家族と違うかもしれんけど、お父さんの名前もいちおう書いといてもらえますか」

幸一の話を聞きながら、こいしはカップにコーヒーを淹《い》れている。

「分かりました」

幸一はバインダーに父の名を書き足した。

「お好み焼きていうたら、だいたい似たようなもんやわね。生地はキャベツとネギぐらいやし、豚とかが入っててソースが塗ってあって。意外と難問かもしれんなぁ」

湯気の上がるコーヒーカップをこいしがローテーブルに置いた。

「生地はキャベツとネギだったと思いますが、なかの具は豚じゃなかったような記憶があります。たぶん細切れ肉だったと。お好み焼き自体はそれほど特徴がありませんでした。ソースが独特の味だったんです。どろっとしたソースじゃなくて、どっちかって言うと、さらっとしたというか、ねとっとした醬油味だったような覚えがあるんです」

コーヒーをひと口飲んでから、幸一はこいしのペンを借りてイラストを描いた。

「ふーん。黒いソースなんやね」

こいしがノートに顔を寄せると、ふたりの顔が近づき、幸一はあわてて身をそらせた。

「はい」

「このお好み焼きのことを、お父さんは何か言うてはった？　どこかで食べたもんを真似《まね》たとか」

「父親とはあまり話をしなかったので。何も言ってませんでした。僕も何も訊きませんでしたし」

「そうやね。父と息子てあんまり口きかへんみたいやね。お父さんも沖縄の人なん？」

「ええ。うちは両親とも代々ウチナンチューです。母親なんかは沖縄から出たこともないって言ってました」

「お父さんは？」

「父はしょっちゅう関西に行ってました。母と結婚する前から関西に通いつめていたらしいです」

「それやったら関西で食べたお好み焼きを真似てはったんと違うかな」

「そうかもしれません」

「しょっちゅうていうのは仕事で？」

「とんでもない。父が仕事しているところなんか見たことありません。遊びですよ。ジャズの勉強だとかなんとか言って、京都だとか神戸に遊びにいってました」

幸一がはき捨てるように言った。

「お父さんはジャズがお好きやったんですか？」

「好きなんてもんじゃないです。沖縄にいるときも毎日ジャズバーに入り浸り。家でもずっとジャズを聴いてました。何かの参考になるかなと思って、こんなのを持ってきたのですが」

幸一がリュックサックから小さなレジ袋を出して、中身をローテーブルに並べた。

「ぜんぶジャズ喫茶のマッチやないですか。京都にもこんなジャズ喫茶があったんかぁ。むかしの店てええマッチ作ってたんや。なんや懐かしい感じがしますわ」

こいしがひとつひとつ手に取って、八つのマッチ箱をしげしげと見つめている。

「父が残していったものと言えばこれくらいしかありません。ヘビースモーカーだった父らしい置き土産です。置いて帰りますので、参考にならないようでしたら捨てておいてください」

横目にしながら幸一が鼻で笑った。

「失礼なことをお訊ねしますけど、どうやって生計を立ててはったんです？　お父さんがこないして関西を放浪してはるあいだ、お母さんが働いてはったんですか？」

こいしがノートのページを繰った。

「話が前後してしまいましたね。うちは宜野湾《ぎのわん》市の大山というところで家具屋をやっているんです。祖父が始めた店ですが、米軍基地からの払下げ家具や雑貨を売っていて、けっこう繁盛しているんです。祖父から引き継いだ直後は父もまじめに仕事をしていたそうですが、いつの間にか母にまかせっきりになって、自分はジャズ三昧の日々を送るようになったようです。僕が物心ついたころはもうそんな状態でしたから、なぜうちの父は働かないんだろう。母はなぜそれに文句を言わないのだろうと不思議でしかたありませんでした」

家庭の事情を語る幸一の表情は穏やかで、どこか他人事のように見える。こいしはタブレットの地図アプリを開けて場所を検索した。

「この辺ですかね」

「はい。この『ベースブラウン』という店です」

「この辺に家具屋さんが集まってるんやね」

こいしが地図をスクロールした。

「ファニチャーストリートと呼ばれていて、海外にもよく知られているみたいです。台湾や香港《ホンコン》からもわざわざ来られるんですよ」

幸一がかすかに鼻を高くした。

「そんなお仕事もお父さんはいっさいかかわらはらへんのですか」

こいしの問いかけに、幸一は眉をひそめてうなずいた。

「お話を整理させてもらいますね」

ノートのページを繰ってから、こいしが幸一に向きなおった。

「はい」

緊張した面持ちの幸一は背筋を伸ばした。

「捜してはるのは、お父さんが作ってくれはったお好み焼き。具は細切れ肉で味は醬油っぽい味。関西で覚えて来はったお好み焼きかもしれん、と。両親が離婚しはってから、お父さんは所在不明で会《お》うたこともない。お父さんは無類のジャズ好き。こんなとこですかねぇ」

こいしは、手がかりが少ないという不安を含んだ顔つきを幸一に向けた。

「これだけで捜しだしてもらうのは難しいでしょうか」

幸一が顔を曇らせると、こいしはうなずきかけて、慌ててかぶりを振った。

「どんな難しいもんでも必ず捜しだします」

「ヒントになるかどうかは分からないのですが、なんとなくすき焼きみたいな味がしたような気がするんです。特に最後にお好み焼きの上から掛けまわしたタレが。でもきっと思い違いですよね。すき焼き味のお好み焼きなんてあり得ませんね」

「いちおうメモしときます。そうそう、だいじなこと訊くのん忘れてました。なんで今そのお好み焼きを捜そうと思わはったんです？」

「父の気持ちが知りたかったからです。別に仲が悪いわけではなく、父が好き勝手に暮らしていることも母は容認していたのに、なぜ離婚したのか。もっと言えば、なんでふつうに働こうとしなかったのか。まったく僕には理解できないんです。あの日のお好み焼きには、なにかそのヒントがあったのか、と思いはじめたんです。とは言っても、あんな父親ですから、何も考えずに思い付きで作っただけだろうとも思いますけどね」

幸一が顔半分で笑った。

「そうやねぇ。お母さんがそれでええて言うてはったんやから、別れんでもええよね」

「母が父を甘やかしすぎたんだと思います。なんでも自分のわがままが許されると思ってしまった父は、とうとう家族まで捨てて好きなことをする道を選んだのでしょう。幸一と一緒にメシを食うのも今日が最後だな、と言いながら父が嬉《うれ》しそうな顔をしていたことを僕は一生忘れません」

幸一が目を真っ赤に充血させた。

「それは分かりましたけど、なんで今になって？」

「実は今、僕も父と同じようなことをしようとしてる、そんな気がしているんです。ホテルマンとして新しいチャレンジをしてみたくなったんです。世界の京都で自分がホテルマンとして通用するのかどうか。もてなしの本場でも僕の接客を認めてもらえるのか。やってみたいのですが、それには母も妹も、そして故郷も置き去りにしなければなりません。なんだ、父と同じじゃないか。そう思ったんです。あんな薄情な父親と同じ道を歩んでしまっていいのかどうか。その答えは、あの日のお好み焼きにあるように思えて」

「分かりました。お父ちゃんに気張って捜してもらいます」

こいしがノートを閉じてペンを置いた。

「あなたが探偵じゃないんですか?」

驚いた幸一が声のトーンを高くした。

「うちは聞き役。捜すのはたいていお父ちゃん」

「そうでしたか」

幸一が声を落とした。

食を捜すのはこいしだと思い込んでいた幸一は、接触する機会が多くなるのを愉しみにしていた。場合によっては食を捜す現場に同行できるかもしれないと、淡い期待まで抱いていただけに、少なからず落胆したのだ。

「今は食堂の主人やけど、昔は腕利きの刑事やったさかいに大丈夫え。安心して」

立ちあがってこいしが幸一の背中を押した。

ふたりが食堂に戻ると、洗い物をしていた流が厨房から出てきた。

「あんじょうお聞きしたんか」

「バッチリや、て言いたいとこやけど、今回はちょっと難問やと思うで」

こいしが意味ありげな顔を幸一に向けた。

「どんな難問でも気張って捜しますさかい、ちょっと時間をくださいや」

「別に急ぎません。秋に京都に引っ越してくるまでに捜していただければ」

「見つかり次第に連絡させてもらいます。京都のホテルに転勤するて言うてはったね。どこのホテルなん？」

こいしが訊いた。

「この秋にオープンするホテルで、まだ名前は決まってないようです。場所は京都駅の近くですが」

「ほなご近所さんになりそうやね」

こいしの言葉に幸一は嬉しそうな笑顔で応えた。

「今日のお食事代を」

「探偵料と一緒にいただくことになってますさかい今日のところは」

「分かりました。ではよろしくお願いいたします」

一礼して幸一が店を出ていった。

「何を捜してはるんや」

引き戸が閉まるとすぐに流が訊いた。

「お好み焼き」

「どっかの店のか？」

流がカウンター席に腰かけた。

「お父さんが作ってくれはったんやて」

こいしが隣に座る。

「亡くなったんか？」

「行方不明」

「そら難問やな」

「せやろ」

こいしがノートを流に渡した。

「これだけしか手がかりはないんか」

ノートを繰って、流が深いため息をついた。

「ジャズが好きな男の人が作るお好み焼き。なんのヒントにもならへんなぁ」

こいしも同じようなため息をついた。

2

連絡があって、幸一が二度目に『鴨川食堂』を訪れたときは、京都も梅雨が明けていて、京都駅には祇園囃子《ばやし》のテープが流れていた。

天気予報を聞いて、アロハシャツとクロップドパンツという軽装で来たものの、食を捜してもらった相手に失礼ではないかと思いはじめている。

沖縄と違って湿度が高いせいか、京都のほうが暑く感じる。幸一は顔の汗が染みこんだタオルハンカチをポケットにねじこんでから店の引き戸を開けた。

「こんにちは。糸数です」

「お待ちしとりました」

間髪をいれずに流が厨房から出てきた。

「ご連絡ありがとうございました。こんな格好で失礼します」

幸一が最敬礼した。

「いやいや、京都は沖縄より暑ぅ感じはるやろから、なんにも失礼やおへんで。お好み焼きを食べてもらうんやさかい気楽な格好が一番ですわ」

「やっぱり沖縄の人はアロハシャツがよう似合わはりますね。さまになってますやん」

「ありがとうございます」

こいしにほめられて、幸一が照れ笑いを浮かべた。

「鈍なことで、こいしがこの前お訊きするのを忘れとったんですが、そのときのお好み焼きは皿に載っとりましたか？　鉄板とかは使《つこ》うてはりまへんでしたやろか」

流が訊いた。

「お皿に載ってたと思いますが……、いや、鉄板だったかもしれません。どっちだったか」

目を閉じて幸一が記憶の糸をたぐっている。

「それによって味が違《ちご》うてきますねん。この前お越しいただいたときに、ちゃんと訊いとくべきやったのに、すんまへんなぁ」

流が横目でこいしをにらんだ。

「いえいえ、僕がちゃんと覚えていなかったのが悪いんです。こいしさんにはかえってご迷惑をお掛けしました」

ふたりの様子を見ながら、幸一がこいしに向き直って頭を下げた。

「幸一さんに頭下げてもらうようなこと違います。うちの詰めが甘かったんです」

こいしが肩身をすぼめた。

「思いだしました。木の皿の上に置いたフライパンみたいな鉄板でした。それを、焼きたてだと言って父が僕の前に置いて、仕上げに上からタレを掛けると、ジュワーと音がして、いい匂いが広がって」

宙に目を遊ばせながら幸一が生唾を呑み込んだ。

「やっぱりそうでしたか。それを聞いて安心しました。間違いのうお父さんが作らはったんとおんなじお好み焼きを、これから食べてもらいます。しばらく待っとぅくれやっしゃ」

流が急ぎ足で厨房に入っていった。

「これでひと安心やわ」

こいしが幸一に冷茶を出した。

「お皿に載っていたか、鉄板だったかなんて訊かれると思ってませんでした」

「お父ちゃんが捜しだして来はったお好み焼きを、最後はふたつに絞らはったんです。

このふたつのうちのどっちやろて、えらい悩んではって、ふと気付かはりましたんや。お皿に盛ってあったか鉄板やったかで分かる、て」

「なんだかすごいですね」

「うちのお父ちゃんすごいでしょ。わが親ながら感心しますわ」

こいしが胸を張った。

「自分の親を尊敬できるっていいですね。とってもうらやましいです」

幸一は寂しげな表情で肩を落とした。

厨房からは芳ばしい香りが漂ってくる。パチパチと油がはぜる音もする。すでにお好み焼きは焼き上がりが近いようだ。幸一は湯呑の茶をゆっくりと飲んで口を湿らせた。

厨房のなかからは、流とこいしのやり取りが聞こえてくる。娘とならば父はこんなふうに滑らかに語り合えるのだろうか。

「お待たせしましたね。もうすぐできあがりますし」

こいしが茶を注ぎたしながら、厨房に目を遣《や》った。

「愉しみです」

幸一が深い息をついた。

「さあ、焼き上がりましたで」

ジュージューと音を立てる鉄板を木皿に載せて、湯気をまといながら流がお好み焼きを運んできた。

「そうそう、たしかにこんな感じでした」

お好み焼きを目の前にして、幸一は顔をほころばせた。

小さなガラスポットに入った黒っぽいタレを、流がゆっくりとお好み焼きの上に掛けまわした。タレはお好み焼きの上をすべり、やがて鉄板に流れ落ちると、大きな音を立て、芳ばしい香りはより一層強くなった。

「熱いうちに召しあがってください」

緊張気味だった流の表情も、ホッとしたようにゆるんでいる。

「火傷《やけど》せんように気ぃ付けてくださいね」

こいしの言葉にうなずくと、幸一は両手を合わせ、箸をお好み焼きに伸ばした。

「どうぞごゆっくり」

こいしの肩を押しながら、流が厨房に戻っていった。

ふたりの姿が見えなくなると同時に、幸一はお好み焼きを口に運んだ。

口をすぼめて息を吸いこみ、焼きたての熱さを冷ましながら舌にからませる。噛みしめると甘辛い味が口いっぱいに広がる。記憶違いかと思ったが、やはりすき焼きっぽい味がする。ふつうのお好み焼きのようなソースの味はまったくしない。これほど個性的な味なら、食べてすぐに気付くはずだろうに、なんの驚きもなかったというのは、幸信との別れという衝撃が胸のなかに渦巻いていたからに違いない。家族を捨てて家を出ていく幸信であっても、父親であることに間違いはない。どんなに身勝手で薄情な人間であっても、幸信は自分の父親なのだ。

ふと宙に浮いたような気になった。

なぜか、幸信に肩車をしてもらったときのことを思いだした。

冬と春のあいだだった。たしか浦添《うらそえ》の野球場だと記憶する。幸信とふたりでプロ野球のキャンプを見に行ったのだ。大勢の見物客にはばまれて、小柄な幸一は何も見えないと泣きだした。オーケーオーケーと言って、幸信が幸一を肩車した。ようやく選手の姿が見えたとき、幸一は幸信の頭をたたいて喜んだ。ノーノーと言いながらも幸信は、嬉しそうに幸一を何度も頭上に差しあげた。

コワイようと言ったものの、ずっとその時間が続いてほしいと願ったことも思いだした。

幸一の目から涙が溢れだした。

長く幸信のことを恨んでいた幸一だが、それは寂しさから派生したのだったのかもしれないと思いはじめた。突然家を出ていった衝撃はあまりに重く、それゆえ幸信と過ごした時間を消し去っていたのだ。

肩車はこのときだけではなかった。

近所に大きなスーパーマーケットがオープンしたとき、アニメヒーローのショーを見に行ったときも、ずっと幸一は幸信の肩に足を載せ頭をたたいていた。

残波岬《ざんぱ》へ夕陽《ゆうひ》を見に行ったときもそうだった。

陽が沈む前から、海に陽が落ちて空が赤く染まり、やがて紫色になるまで、ずっと幸一は幸信の肩に乗っかっていた。

ふた口目もまだ火傷しそうに熱い。それはきっと鉄板のなせる業なのだろうが、そこまで熱さを保ちつづけることの意味はあるのか。そう思いながらも幸一は箸を止めることができずにいる。

「どないです？　お父さんが作らはったんとおんなじ味でっか」

傍らに立って流が訊いた。

「はい。ようやくはっきりと思いだしました。こんな味でした」

「よろしおした。ゆっくりと味ぉうて食べてください」

それだけ告げると流はまた厨房に戻っていった。

なぜ今になって、幸信が作ったお好み焼きをもう一度食べたいと思ったのか。食べ進むうちにそれが分かってきた。今ここにいて欲しいと思ったからなのだ。幸信に判断して欲しいことがあったからなのだ。相談したかったのだ。お好み焼きを食べてようやく自分の気持ちをたしかめることができた。

お好み焼きを捜す過程で、幸信の消息も分かるのではないか。そんな淡い期待を自分が抱いていたことも分かった。幸一は手を合わせてそっと箸を置いた。

「なんやったらもう一枚焼きまひょか」

暖簾のあいだから顔を覗かせて、流が真顔で訊いた。

「いえ、もう充分です。ごちそうさまでした。それより、どうやってこのお好み焼きを見つけてこられたのか。その話をお聞かせください」

幸一が立ちあがった。

「お茶でよろしい？　お酒でも持ってきましょか？」

こいしがふたりに訊いた。

「よかったら泡盛でもどうです？　お客さんからもろたんがありますねん」

「じゃあ少しだけいただきます」

流が目で合図すると、こいしが泡盛の酒瓶と、氷の入ったグラスをふたつテーブルに置き、流は幸一と向かい合って座った。

「『瑞泉《ずいせん》』っちゅう泡盛ですわ。ご存じでっか」

氷の入ったロックグラスに流が泡盛を注いだ。

「ええ。たしか十七年熟成の濃いお酒だったと思います」

幸一がグラスに鼻を近づけて香りをたしかめた。

「さすがによう知ってはる」

そう言いおいて、こいしが厨房に入っていった。

向かい合ったふたりはグラスを上げ、氷の音を立てながら、ゆっくりと口に運んだ。

話を切り出すタイミングを計っているのか、流はそれを二度三度と繰り返し、幸一もそれを真似た。

「沖縄にもお好み焼きの店はようけありますけど、お父さんはきっと関西で味を覚えはったんやと当たりを付けました。となれば、きっとお父さんが通うてはったジャズ喫茶にヒントがあるはずや。そう思うて、順番にあたってみましたんや」

口を開いた流は、作務衣のポケットからマッチ箱を取りだしてテーブルに並べた。

「ご足労をお掛けしました」

「気にせんといてくださいや。京都は地元やし、神戸かて電車一本ですわ。それに、とっくに店仕舞いしてるとこばっかしで、結局この八軒は全滅でした。けど決して無駄足やなかったんでっせ。店は無《の》ぅなっても、昔からのジャズ好きの人はようけいてはりますし、ここらの店のこともよう覚えてはった。最初のヒントになったんは、神戸の北野坂にある『ソノ』っちゅうライブレストランへ行ったときに、隣の席のお客さんから聞いたむかし話ですわ」

タブレットを出して、流が店のなかの写真を幸一に見せた。

「立派なお店ですね。沖縄にもライブレストランはたくさんありますが、やっぱり神戸のお店は洒落《しゃれ》てますね。でも、なぜこのお店に？　父のマッチのなかにはなかったと思いますが」

「神戸のジャズ好きの人に聞いたら、みな真っ先に『ソノ』の名前を上げはります。この店に行ったらなんぞ分かるんやないかと当たりを付けたんですわ」

「なるほど。ジャズの好きなひとはどこかでつながっているんですね」

「そない詳しいことはおへんけど、わしも若いときはジャズをよう聞いとったもんやさかい、話はそこそこ通じますねん。京都のことやら話をしながら、ちょっとずつ糸数幸信さんのことを探りました。そないすぐにはつながりまへんでしたけど、いろんな糸口を教えてもろて、それを辿《たど》っていったら、たいていは見つかるもんです。そのお客さんから聞いたんは、この『パンピ』っちゅうジャズ喫茶のことですねん」

流が『パンピ』のマッチを手に取った。

「でもこのお店はもうないんでしょ？」

「こういうお店は無ぅなっても、ファンの人らの胸のなかにはいつまでも残ってるもんなんです。京都の『しあんくれ』というお店もおんなじですわ。京都だけやのうて、神戸の人でもよう知ってはる店やったんです」

「このマッチのお店ですね。河原町通荒神口東北角……。どの辺なんでしょう。見当もつきません」

「京都御所のすぐねきです。鴨川にも近いとこで、橋わたったら京大も近いし」

流が地図アプリの場所を指で示した。

「京都ってすごいですね。こんな町はずれの辺鄙《へんぴ》な場所にジャズ喫茶があって、その店のことが今でも、それも神戸でも語り継がれているって」

幸一が感心したように首を横にふった。

「それは違いまっせ。むかしはこの御所の辺りが京都の中心地でしたし、今でも辺鄙でも町はずれでもおへん。四条やとか京都駅に比べたら歩いてる人は少のうても、文化の中心はこの辺です」

　地図を指して流がきっぱりと言い切った。

「失礼しました。まだ京都のことがよく分からなくて」

「京都のホテルに勤めはるんやったら、しっかり勉強せんとあきまへんな」

　流が釘《くぎ》をさすと、こいしが横槍《よこやり》を入れる。

「お父ちゃんはすぐに本筋を外さはるさかい困ったことや。そんなことやのうて、お好み焼きのことをちゃんと話してあげな」

「そやったな。つい力が入ってしもうて」

　和帽子を取って頭をかいた流が話を戻す。

「どこまで話したんやったか。そや、『しあんくれ』やのうて『パンピ』の話やった。『ソノ』で隣り合《お》うたお客さんと、関西のジャズ喫茶の話で盛り上がりましてな。あなたのお父さんのことを訊いてみましたんや。沖縄の人でよう関西のジャズ喫茶に通うてた人の覚えはありまへんか、て。そしたら自分は知らんけど、むかし京都にあった『ザボン』っちゅう店の落書き帖《ちょう》を保管してる人がやはるさかい、その人を訪ねてみたらどうやて言うて、住所を教えてくれはったんですわ。なんぞの手がかりになるかと思うて訪ねてきました」

タブレットを操作して、流が町家の写真を見せた。

「京都らしい佇《たたず》まいのおうちですね」

幸一が無難な感想を述べた。

「今は隠居してはりまっけど、呉服屋の旦那さんのおうちですわ。その旦那さんのお話やと『ザボン』は河原町三条近くの横道を入ったとこのビルの地下にあったんやそうです。いわゆるジャズ通が通う店やったみたいで、客どうしの横のつながりがあって、今でも交流があるらしいんですわ。その旦那さんが落書き帖を保管してはりましてな、二十冊ほどあったんを見せてもらいました。糸数幸信さんの名前を必死で捜したんですけど見つかりまへん。あきらめて帰ろうかと思うたら、その旦那さんが、──ひょっとしたらコウシンさんのことと違うか──て言うてくれはりましてな」

「そうです。コウシンは父です」

幸一が即座に反応した。

「こいしもわしも、てっきりユキノブさんやと思うてたんで。そう言うたら沖縄の男の人は音読みする人が多いんやったと思いだしたんです。それであらためて落書き帖を見てみたら、ようけコウシンさんの書き込みがありましてな」

流がタブレットを幸一に向けた。

「間違いありません。この悪筆は父です」

　幸一が顔をほころばせた。

「その旦那さんも直接会わはったことはなかったらしいんですけど、コウシンさんはその筋では有名やったらしいて、いろんなエピソードを話してくれはりました」

「おかしなことをしてなければいいのですが」

「まったくその逆です。誰からも好かれてはったみたいです。貧乏学生にメシ食わしてやったり、学費が払えんでアルバイトしてた子には小遣いを渡してたりとか、ええ話ばっかりでした」

「そうでしたか」

　ホッとしたように幸一が小さくため息をついた。

「肝心のお好み焼きのことですけどな、おもに神戸で食べてはったみたいです。味がどうとかは書いてはりまへんでしたけど、長田っちゅう地名がよう出てきたんで、たぶん〈ぼっかけ〉やないかと思うたんです」

「〈ぼっかけ〉？」

　幸一が高い声をあげた。

「牛スジとコンニャクを、お醤油と味醂《みりん》やらで甘辛《あまから》ぅ煮た料理を神戸のほうでは〈ぼっかけ〉て言いますねん。長田ていう地区の名物です」

こいしが横から返答した。

「その〈ぼっかけ〉をお好み焼きの具にするのも、ようありますさかい、コウシンさんがあなたに作らはったんも、それやないかと思うたんです。たしかにソースやのうて醬油味になりますけど、それだけではすき焼きっぽい味にまではならん。最後に上から掛けたタレがすき焼き味やったんやないやろか。そうも思うたんです」

「ご面倒を掛けたみたいで申しわけないです」

「いやいや、とことんまでやらんと気が済まん性質《たち》ですさかい。もういっぺん『ザボン』の落書き帖を読み直してたら、『ザボン』と同じビルの二階に上海《シャンハイ》料理の店があったみたいで、そんでコウシンさんはえらいその店をお気に入りやったみたいで、なんべんも〈上海風ネギ油そば〉を食べた話が出てきますねん。で、ひょっとしたらコウシンさんはそのメニューに使うタレを、お好み焼きに掛けはったんやないかと思いつきましたんや」

流が目を輝かせた。

「お父ちゃんは、ちゃんと思いつかはりますねん」

こいしが自分のことのように誇らしげに胸を張った。

「フライパンでネギを油煮にして、半時間ほど煮詰めて、ネギが焦げてきたら、醬油と砂糖、味醂を混ぜたタレを流し入れてでき上がりです。そのタレがこれですわ」

流がガラス瓶の蓋を開けて、中身をスプーンで掬《すく》った。

「たしかにすき焼きの味がします。油まみれなのに油っぽさを感じないのも不思議です」

手のひらに受けたタレをなめて、幸一は大きく目を見開いた。

「このタレのレシピも詳しいに書いときました。ただこのタレを掛けただけでもええんですが、それより鉄板に載せたお好み焼きに掛けて、鉄板でタレを焦がしたらもっと芳ばしいなる。コウシンさんはそう思わはったに違いありまへん」

流がきっぱりと言い切った。

「たかがお好み焼き一枚のために、そこまで……。その気持ちを仕事に向けてくれてたらよかったのに」

幸一が寂しげな声で言った。

「人にはいろんな生き方があります。コウシンさんにはコウシンさん流の人生いうもんがあったんでっしゃろ」

「家族には納得できる話じゃありませんけどね」

「家族と仕事のどっちを取るかてなこともよう言いますけど、その場になってみんと分からん、っちゅうのがほんまのとこですやろ」

「仕事ならいいんですよ。それも家族のためですから。でも父は趣味を選んだんです。たいした仕事もせず、家族を置き去りにして出ていったんですよ」

幸一は目を真っ赤にして憤った。

「仕事にもいろいろあります。たいしてお金にならんことでも、人のためになる仕事もあれば、山ほど稼いどっても自分だけが贅沢《ぜいたく》しとるような仕事もあります」

「そりゃあそうですけど。父にとってジャズは単なる趣味ですから」

「その趣味を仕事にしよう。コウシンさんはそう思わはったんやないかと思います。けど、その仕事はたいして金にならん。むしろ持ち出しのほうが多いかもしれん。となったら家族にも迷惑が掛かる。そう判断しはったんやないですかな」

「そんな勝手な話。僕には信じられませんし、あり得ないことです。趣味のジャズを仕事にするために家族を捨てる？　バカげ過ぎてます。第一、趣味でジャズを聴くだけのことが仕事になんかならないでしょう」

幸一は鼻息を荒くした。

「わしはむかしねぇ、刑事っちゅう仕事してましたんや。悪いことしたヤツを捕まえる仕事ですわ。ほんで今はこないして食堂の主人してます。どっちもたいした金にはならん仕事ですわ。わしが仕事したさかいに家族が楽になるか言うたらそうも言い切れまへん。特に刑事っちゅう仕事はそうでした。世のため人のため、てなたいそうなことは言いまへんけど、そういう仕事も世の中にはあるんですわ」

「人のためになるなら、稼げなくてもたしかにそれは仕事でしょう。でも……」

幸一は流の言葉を素直に聞けなくなっていることに、いらだちを覚えた。

「人それぞれ。いろんな人生があるっちゅうことだけは覚えといて損はおへん」

「分かりました。この前の食事代と併せてお支払いをさせてください」

流の言葉に納得がいかないそぶりを見せて、幸一が財布を取りだした。

「お食事も探偵料も特に決めてません。お気持ちに見合うた分をこちらに振り込んでください」

流の顔色をうかがいながら、こいしは幸一にメモ用紙を手渡した。

「分かりました。できるだけ早く振り込みます」

幸一はメモ用紙を折りたたんで財布にしまった。

「ほんまにもうええんですか？」

帰り支度をする幸一に流が訊いた。

「なにがです？」

「お父さんの消息を知りとうて、お好み焼きを捜してはったんやないんですか？」

流は幸一の目を真正面から見つめた。

「父のことでなにか分かったんですか？」

手を止めて幸一が流に真剣な顔を向けた。

「アメリカのルイジアナ州っちゅうとこの、小さな街でジャズレストランを開いてはるそうです」

流がタブレットの写真を見せると、幸一は食いつかんばかりに目を近づけた。

「立派な店じゃないですか」

幸一が安心したように言った。

「お店の名前は『ベースブラウン』です」

「『ベースブラウン』……」

幸一の目が細くなり、口元がほころんだ。

「ふだんはそれほどでもないらしいですが、週一回のコウシンさんのライブの日は五十席が満席になって立ち見まで出るそうですよ」

こいしがタブレットを手にして動画を映しだした。

「ライブということは父が演奏するんですか？」

「ボーカルやってはりますわ。聴かはりますか？」

「はい。聴かせてください」

幸一が背筋を伸ばすと、こいしは長いコードを取りだした。

「せっかくやさかいタブレットと違うて、大きいテレビで見はったほうがええでしょ。ちょっと待ってくださいね」

こいしがコードを接続するあいだ、待ちきれないといったふうに、幸一はその様子を間近で見ている。

「手伝いましょうか」

「こないだはうまいことといったんやけどなぁ」

言いながら、こいしはポートの穴を覗き込んでいる。

「これ、反対ですよ」

笑いながら幸一がポートにＨＤＭＩケーブルを差し込んだ。

「ありがとう。あとはこれをテレビのほうに」

「それも僕がやりますから」

素早い動作で、幸一が椅子の上に立ってコードを接続している。

「お父さんの歌、聴かはったことあります？」

椅子を支えてこいしが訊いた。

「いえ。鼻歌すら聴いたことありません。父が歌を歌うなんて想像もつきませんでした」

接続を終えて、幸一は椅子から降りた。

「英語は得意ですか？」

流が訊いた。

「ホテルには外国人のお客さんも多くいらっしゃいますから、ヒアリングのほうはなんとか。でも話すほうはなかなか」

「それで充分ですわ。お父さんの歌をよう聴いてください」

流が目くばせすると、こいしがタブレットを指で操作した。

幸一は壁掛けテレビの真ん前に立ち、流とこいしはそのうしろに立った。

やがて映像が流れ、ステージの様子が映しだされた。

最初はざわついていた客席だが、タキシードに身を包んだコウシンがマイクを取ると、水を打ったように静まり返った。ふた言み言挨拶をしたあと、曲紹介をすると客席からは大きな拍手が起こり、指笛を鳴らす客もいて、コウシンの歌に期待を寄せていることが分かる。

やがてコウシンは静かなバラードを、語りかけるように歌いはじめる。

幸一は驚きのあまり声も出せずにいる。歌っているのは紛れもなく父のコウシンだが、自分が知っているコウシンとはあまりに違い過ぎる。

まるで自分もその客席にいるような気分になって、幸一はコウシンの歌に聴き入っている。流とこいしはそれをうしろからじっと見守っている。

歌がはじまって一分ほど経《た》っただろうか。幸一は小さく嗚咽《おえつ》をもらしはじめた。はばかることなく、すすり泣く幸一は何度も目頭をおさえる。

それは幸一だけではなかった。映像に映る多くの観客も、幸一と同じように目頭をおさえている。

やがて数分間の歌が終わると、映像のなかでは万雷の拍手が起こり、すべての客がスタンディングオベーションでコウシンを讃《たた》えている。鳴りやまない拍手を耳にする幸一は、その場でしゃがみこんだ。

テレビ画面ではアンコールをせがむ客のリズミカルな拍手が続いていた。

幸一は幼子のように両手で顔を覆って泣きじゃくっている。

「ネットの動画サイトでうちが見つけた映像ですねんよ。お帰りになってからゆっくり続きを見てくださいね」

こいしがサイトのアドレスを記したメモを幸一の手に握らせた。

「ありがとうございます」

ようやく立ちあがった幸一は、真っ赤に泣きはらした目を手の甲で拭った。

「立派なお父さんやと思います」

流の言葉に幸一は何度もうなずいた。

「誇りに思って生きていきます」

涙声で幸一が応えた。

「よろしおした」

店を出る幸一に流が声を掛けた。

「最後にもうひとつお聞きしたいのですが、なぜ父はあのとき僕にお好み焼きを作ってくれたんでしょう」

「わしもそこがよう分からなんだんです。なんぞ息子はんに伝えたいことがあったんやないか。そう思うて、あれこれ考えました。沖縄の人にとってお好み焼きはどういうもんやろ。ほんで行きついたんが、ヒラヤーチーです。チヂミみたいな、お好み焼きみたいな郷土料理。よう知ってはりますやろ？」

「もちろんです。塩味ですから、味は違いますけど焼きかたはお好み焼きと同じですね」

「ヒラヤーチーっちゅうのは、平たく焼く、っちゅう意味やそうですな。あなたには、平たく生きて欲しい、そういう願いを込めてはったんやないかと思うてます。あくまでわしの推測でっけどな」

「平たく、ええ言葉やねぇ。平とぅ生きるのて、けっこう難しいけどなぁ」

　こいしが幸一に笑みを向けた。

「京都に引っ越したら、またあらためてご挨拶に伺います。本当にお世話になりました」

　一礼した幸一は吹っ切れたように軽い足取りで、正面通を西に向かって歩いていく。

　流とこいしは並んでその後ろ姿を見送った。

「よかったなぁ。一時はどうなるかと思うたわ。いつあの映像を見せるんやろ、ひょっとしてお父ちゃんは幸一さんに見せんと帰すつもりやろか、てハラハラしたわ」

　店に戻ってこいしが流の背中をはたいた。

「あんまり早いこと見せてもなぁ。わしもタイミングを計っとったつもりなんやが」

「幸一さん、どないしはるやろ。京都のホテルに勤めはるやろか。それとも沖縄にい続けはるやろか。お好み焼きを捜しだしてよかったんやろかな」

「どっちでもええがな。そこまではわしらの仕事と違う。まぁ、あの歌を聴かせたんは余計なことやったかもしれんけどな」

「それにしても、あの〈家族〉てええ歌やなぁ。なんべんも聴いたさかい、今日は泣かんとすんだけど」

「コウシンさんの作詞作曲らしいけど名曲やな。――家族はきみの夢をかなえるためにいる――」

「お父ちゃん音痴やなぁ。――家族は人生のために　人生は家族のために――」

「おまえもたいして変わらんやないか。なぁ㮈子。わしのほうがまだましやろ」

あきれ顔をして流が仏壇の前に座った。

「――たとえどんなに離れていても　心はいつも近くにある――。そうやな、お母ちゃん」

こいしが㮈子の写真に手を合わせた。

《初出》

第一話	たらこスパゲティ	「STORY BOX」2018年12月号
第二話	焼きおにぎり	「STORY BOX」2018年11月号
第三話	じゃがたま	「STORY BOX」2019年2月号
第四話	かやくご飯	「STORY BOX」2019年1月号
第五話	カツ弁	「STORY BOX」2019年3月号
第六話	お好み焼き	書き下ろし

※本作品はフィクションであり、
登場する人物・団体・事件等はすべて架空のものです。

京都発！
思い出の「味」、探します。
板前の父と探偵の娘がお迎えする、
看板のない食堂へようこそ。
鴨川食堂まんぷく
柏井壽
最新作
第6弾
鴨川食堂まんぷく
ISBN978-4-09-406675-3
●たらこスパゲティ●焼きおにぎり
●じゃがたま●かやくご飯
●カツ弁●お好み焼き
画／坂本ヒメミ

―――本書のプロフィール―――

本書は、小学館文庫のためのオリジナル作品です。

小学館文庫

鴨川食堂《かもがわしょくどう》まんぷく

著者　柏井《かしわい》　壽《ひさし》

二〇一九年八月十一日　初版第一刷発行
二〇一九年九月七日　第二刷発行

発行人　飯田昌宏
発行所　株式会社　小学館
〒一〇一-八〇〇一
東京都千代田区一ツ橋二-三-一
電話　編集〇三-三二三〇-五九五九
販売〇三-五二八一-三五五五
印刷所——図書印刷株式会社

この文庫の詳しい内容はインターネットで24時間ご覧になれます。
小学館公式ホームページ　http://www.shogakukan.co.jp

ISBN978-4-09-406675-3